亚明传

从战士到画家

石楠 著

广西师范大学出版社
·桂林·

亚明传：从战士到画家
YA MING ZHUAN:CONG ZHANSHI DAO HUAJIA

图书在版编目（CIP）数据

亚明传：从战士到画家 / 石楠著. -- 桂林：广西师范大学出版社，2024.10. -- ISBN 978-7-5598-7235-7

Ⅰ.I247.5

中国国家版本馆 CIP 数据核字第 2024BB7396 号

广西师范大学出版社出版发行

（广西桂林市五里店路 9 号　邮政编码：541004）

网址：http://www.bbtpress.com

出版人：黄轩庄

全国新华书店经销

桂林广大文化发展有限责任公司印刷

（桂林市中华路 22 号　邮政编码：541001）

开本：710 mm ×930 mm　1/16

印张：13.75　　插页：12　　字数：147 千

2024 年 10 月第 1 版　　2024 年 10 月第 1 次印刷

定价：68.00 元

如发现印装质量问题，影响阅读，请与出版社发行部门联系调换。

序

陈传席

大抵意识、思维和他人不同的人,说话、做事也会和他人不同;其意识形之于"态"(诗文书画等),也就具有不同的风格,如果其人的意识、思维和常人完全不同,其结果或是疯癫,或是天才,古今人物大多如此。

年前,我的家遭大火灾,六卡车的书籍、资料、名人字画、文物收藏、手稿等,皆焚烧一空,半生心血化为灰烬。海内外有关人士和友人纷纷来电来信慰问,独亚明先生来信祝贺,说是福,不是灾。他的说法就与众不同。

老画家们退休后,大多跑到广州、深圳等繁华城市,住上现代化的高楼大厦,独亚明跑到寂静的太湖当中,住在明代人遗留下来的古建筑物内。他又和别人不同。

"同能不如独诣",为人如此,为文方能如此,艺亦如之。

我第一次见到亚明,就发现他和别人不同。那时我正读研究生,一般老画家不会把一个年轻人放在眼里，而且大多老画家和官员们都要摆点架子，甚至装模作样，其目的是引起年轻人的重视和尊敬（虽然效果相反）。所以，我对于名人和官儿们，历来是不敬而远之。那次是参加一个会议，我去时已散会，大家去赴宴，前头走的一批人，个个派头十足，又都十分矜持，不用问，都是名画家和官员们了。我没有理睬他们，他们也没有理我，独有一位个头不太高却气质不凡又风度翩翩的长者拍拍我，拉我一起去赴宴，并且很随意地和我神侃起来。我是研究历史的，三句话不离本行，于是他便和我谈历史，从宋史、明史，谈到太平天国，又谈到现代。其实，我不认识他，他也不认识我，但我断定他不是画家，更不是官员，因为他和他们不同，他只是一位有学问的长者，可能是一位历史学家，他对历史那样精通，又有自己独到的见解。第二次会议，我发现这位"历史学家"坐在主席台上，别人告诉我，他就是大名鼎鼎的画家亚明，江苏省美协主席。我当时绝对愣住了，他既是大画家，又是大官员，应该比那些小画家、小官员架子更大才是，实际却相反。始悟"唯大英雄能本色，是真名士自风流"之真谛。凡是真正有知识的人都不会摆架子，更不会装腔作势，且都是很自然、很本色的。很多人都知道亚明从来不欺无名，也从不阿谀权势，上至达官贵人，下至平民百姓，他都同样地对待。

那次见面后，只几年时间，我由一个研究生到安徽省文化厅研究人员，又到美国堪萨斯大学研究员，再回到南京，任南京师范大学教授。不久，海外某机构委托我主编《巨匠与中国名画》二十本，选从古至今二十名画家加以研究，以便向全世界显示中国绘画的风貌。当代画家，我选定了亚明,而且由我本人撰写。

我又一次和亚明联系上,这时他已隐居在太湖当中的近水山庄。他购买了一套明代花园式住宅,将之整修一新,又画了很多壁画,自称"悟人"。在太湖之渚,落日楼头,藤荫架下、芭蕉叶旁,这位身经一时代风云,足迹五大洲海岳的"悟人"亚明,感时抚事,追昔虑今,与我谈起了他七十年的沧桑,又让我观看了他历年来所存画稿,末了,还交给我一大批介绍他的文章,我翻了一下,只有石楠所写的一篇值得参考。亚明的女学生也告诉我,安徽有一位作家石楠正在写一本介绍亚明的书。

我当时就希望能早日读到石楠的大作,但因海外催稿太急,我等不到她的著作出版,就匆忙地完成了《巨匠与中国名画·亚明》卷。我这本书日下正在英国出版,幸而匆忙寄出,否则也难免于年前这场大火灾。可惜我保存的众多有关亚明的资料都已烧光了。但幸运的是,我又读到了石楠女士的大作《亚明传》。

石楠这本书详细地记述了亚明一生的经历和艺术追求。他从一个穷苦的孩子,到新四军的战士,再到著名的画家、江苏省美协主席,参与一代艺术的活动家、组织家,其中风风雨雨,坎坷沉浮,都在石楠笔下如实地涌现出来。一切有作为的人物都不可能是一帆风顺的,亚明的七十年沧桑也正是中国七十年历史的一个侧面,从石楠的书中,从亚明的经历中,我们也了解到抗战至20世纪90年代的中国社会,尤其了解到现代艺术发展中的一些内幕。石楠以她的生花之笔写得生动而真切。

我没有见到石楠,只知道她曾是安徽省政协常委、安徽省作家协会副主席。我在安徽工作时,还不知道她,也不知道她怎么迈入到艺术家的圈子中来。她的成名之作是《画魂》,如今已家喻户晓,她本人的大名也远播海内外。《亚明传》大约是她的第二部著作,接着她又写刘海粟。但愿她不停地写下去,把近现代画史上重要画家都写出来,则画界幸也。

1995年2月

于南京师范大学

目 录

第一章　童年之梦　　　·001·

第二章　少年从戎　　　·010·

第三章　小试才智　　　·029·

第四章　浅涉画坛　　　·046·

第五章　纵论丹青　　　·069·

第六章　回归传统　　　·082·

第七章　初温旧梦　　　·102·

第八章　斯人已去　　　·131·

第九章　拯救与被拯救　·153·

第十章　再温旧梦　　　·170·

第十一章　走向世界　　·176·

亚明年表　　　　　　　·192·

后记一　　　　　　　　·201·

后记二　献给亚明先生百岁诞辰的礼物
　　　　——《亚明传：从战士到画家》·208·

第一章　童年之梦

一

合肥，是一座有着悠久历史的美丽古城，它是古代兵家必争之地，相传三国时魏将张辽就曾大战东吴孙权于逍遥津南岸；它西傍葱郁的大蜀山，南濒物产肥美的巢湖。泥河像一条白练，多情地环抱着它，用乳汁哺育着这里的人民。

公元1924年10月1日，居住在合肥南门内王箍桶巷一座小院里的叶姓人家，添了个男孩，他那洪亮的啼哭声引起了一条巷子的骚动，父亲给他起名叶家炳。

叶家炳排行老二，但他是叶家的第一个男孩。他的到来，使小院里久久浮荡着欢笑。

叶家炳祖籍苏州阊门。祖父曾追随太平天国英王陈玉成，参加反抗清王朝统治的斗争。然而阴差阳错，太平军失败40多年后，他的父亲叶焕亭却做了当年镇压太平军的淮军首领李鸿章家仓房的管事。他的母亲邵韵华是个农家女，勤劳善良，同情穷人和弱者，常常用自己做女红挣来的钱帮衬邻里，在王箍桶巷有很好的人缘。母亲热情正直、不畏强暴、爱打抱不平的性格在小家炳年幼的心灵上烙下了深深的印记，以至影响了他长长的人生。

叶家炳4岁时，父亲把他送进教会办的城南小学读书。寒暑假时，父亲又让他上私塾念《三字经》和《论语》。三年级时，父亲把他转到省立六中附小就读。

他在学校里不是个安分守己的学生，经常和同龄小伙伴结伴出去打群架，酱园老板的儿子是他们的司令，他是参谋长。有一天，他们打夜仗饿了，他就撺掇头头，要他回家把酱干偷出来，犒赏部下。

他喜欢这种斗殴游戏。有一次，他们这条街上的孩子正和另一条街上的孩子"开战"，突然，他看到范巷口（今长江路）方向火光冲天，他大叫一声："不好了！有人家失火了！"对打的孩子们倏地停止了"战斗"，一下愣住了。叶家炳想起母亲常挂在嘴上的话"能帮人处得帮人"，他一挥手高喊一声："快救火去！"就朝着熊熊烈火升起的地方跑去。刚才还打红了眼的"仇家"，也不约而同地跟在他后面跑，但不少孩子半路上被家长拦住拉回了家。叶家炳随着许多提着满桶水救火的人往失火的杂货店跑，直到大火被扑灭才回家。杂货店老板为感谢邻里相助，要招待大家到澡堂洗澡，却不见他那瘦削的身影，打听到他是叶焕亭的儿子，便派人专程到他家请他。年仅11岁的叶家炳挺着干瘦得像鸡肋样的胸脯，摇摇摆摆走在一群大人们中间，心里突然涌起一种骄傲和快乐之情，他觉得自己长大了，他暗暗告诫自己不能再参加斗殴游戏了。

二

叶家炳在学习上对算术不感兴趣，他觉得数字都是些枯燥无味的东西，但他爱好文艺，喜欢读绣像小说和诗词，特别喜欢绘画和听说书。每天早起上学，母亲总是要给他几个钱买点心吃，大饼炉子就摆在巷口，烤饼的香味在巷子里浮动，很是诱人。为了抵制这饼香的诱惑，他经过烤饼炉子时，不是别过脸，就是飞快地跑过去，咽下上涌的口涎，把买饼的早点钱省下来，待放学的时候，他就溜进书场去听《七侠五义》《火烧曹营》之类的故事。有时听入了迷，天黑了也不知道回家，多半都是母亲不放心，把他寻了回去。

看图识字的字纸干，使他萌生了对绘画的兴趣。那方方的字纸干，一面写着猪、马、牛、羊、人、手、足、刀、尺之类的方块字，一面印着和文字相应的图画。他非常喜欢字纸干上的图画。一看就入迷，在他凝视图画时，父母跟他说话他都听不到，同学们的嬉戏他也看不见，只有那些画在他的眼前活了起来。他对它们就像对好伙伴一样，有说不完的话。他能读通书的时候，又迷上了绣像小说，特别钟爱上面的白描绣像。他用竹纸蒙在画上，一笔一画地描摹下来，百描不厌。

叶家炳8岁的时候，认识了一个叫山姆的洋人同学，山姆送给他两张洋画片，他喜欢得不得了。山姆告诉他这是做礼拜时教堂里发的，他就跟着山姆去了教堂。

这是他第一次走进教堂。仰头一看，高高的穹顶上，竟是一个绘画的世界，描绘的是创世纪初的寂寞和黑暗；世界诞生之日，上帝把光暗相隔，造出太阳、月亮；上帝给予亚当以生命，又用亚当的肋骨造就了夏娃；伊甸园的树木和禁果；舞剑的天使在追杀亚当和夏娃；泛滥的洪水……真是恢宏瑰丽又带有悲剧色彩的绘画。

虽然还不懂得那些壁画的内容，但他喜欢那些斑斓的色彩。他那幼小稚嫩的心，竟然迷醉在这色彩的世界里了。做礼拜的人陆续走出教堂，他还傻愣愣地站在那里，仰望着穹顶。山姆上去拽了他一把，他才从沉醉中醒过来。出门的时候，他们每人都得到了两张画片。这些洋画片上，印着劝人忍耐、行善的圣经故事，色彩艳丽，印制得很精美。他如获至宝，为了得到更多的洋画片，他每周都去，拿到画片，就回家临摹。

1937年，日本帝国主义大举侵略中国，中华民族处在危难之中，一切不愿做亡国奴的中国人的心都随着那熊熊战火燃烧起来了。那时，叶家炳才13岁，他和老师同学一起，走上街巷，宣传抗日救亡，抵制日货。

就在这时，叶家发生了巨变，叶家炳的父亲被可怕的肺痨夺去了生命。顶梁柱断了，叶家的经济生活立时陷入了困境。作为长子，叶家炳不得不放弃上中学的愿望，和母亲一起，挑起全家生活的担子。

孤儿寡母，何以为生呢？在邻居的帮助下，他们学会了自制香烟，然后拿到范巷口去卖，赚点钱，勉强维持着生计。

三

　　个人的命运和国家民族的命运是紧密相连的，谁也无法逃脱时代命运的制约。1938年，日军飞机轰炸合肥城乡，一颗炸弹刚好落在叶家，顷刻间，墙倒梁摧，火光冲天而起。叶家炳和母亲在拉警报时就已带上姐姐和弟妹逃进了防空洞。他们回来时，一家人都傻了眼：家没有了，只有少数几根还未烧尽的梁柱在冒着淡蓝的烟。母亲腿一软，跪了下来，好半天才哭出了声。姐姐和弟妹们吓得哇哇哭了起来，也跟着跪在地上。叶家炳没有哭，他怒视着烧焦的瓦砾和房梁，眼里升起了仇恨的烈焰。

　　母亲的悲恸、姐弟们的哀鸣，撕裂着叶家炳的心。而严酷的现实迫使他冷静下来，考虑将来的日子怎么过。他并没有想出良策妙计，但有一点是明确的：作为长子，他有责任辅助母亲，养活家人。

　　战争，使这个年仅14岁的少年过早地成熟了。他以自己尚不结实的肩膀，承担起家庭的重担。

　　他拉起了姊妹兄弟，又去搀扶母亲，一边安慰着她："妈，哭没有用，我们得想法活下去！"母亲哀伤地伸出手，揽住他的头，说："孩子，我们除了带出来的一包衣服，就一无所有了，这五张嘴，吃什么？怎么活？"她又哭起来，"我的命怎么就这么苦哇！儿子？"

　　"妈，这是国难呀！被烧掉的也不止我们一家，人家能活，我们也能活！你别哭了，哭坏了身体，我们怎么办？"他把母亲扶到一块石头上坐下，"妈，你来不及带走的首饰或许还未烧掉，我来找找看，假如找到了，我们就拿去变卖掉，买些烟丝，还可以做烟去卖呢！"

他的话，给绝望中的母亲一丝希望之光，母亲忙用衣袖揩去了眼泪，止住了哭，站了起来说："找找看吧。"他们立刻行动起来，不顾砖头瓦砾滚烫，不管房梁烧成的炭火还没完全变成灰烬，找来棍子，在瓦砾灰烬中刨起来。他们找到了几件首饰和一块家传的羊脂玉。

母亲捧起那块象征着吉祥的羊脂玉，用手轻轻拭去灰尘，把它合在两手的掌心，闭上眼睛，默默祈祷，良久之后，又拴上细绳，挂在叶家炳的颈脖上说："孩子，妈愿你平平安安！"收起那几件首饰，带着他们兄弟姐妹，依依痛别了化为乌有的家。

他们投奔到邻居家，然而没有几天，日本鬼子就逼近了合肥。5月4日那天，对合肥人民来说，是灾难的一日，日本鬼子占领了合肥城。人们仓皇逃命。母亲带着他们四个孩子踏上了流亡之路。

他们逃到肥东乡下，兵荒马乱，找不到地方栖身。入夜，一家人相拥坐在树林子里，蚊子围着他们飞，毒虫绕着他们转，没吃没喝，母亲以泪洗面，弟妹嗷嗷叫饿。见此情景，有好心人告诉他们，肥东店埠镇长岗村有一座破庙可以暂时落脚。

这是座早就断了香火的小庙，破败不堪，但它总能遮挡些风雨。叶家炳搬来石头砖块，把墙洞堵上，又在门口垒起一道一尺多高的门槛，象征性地当个门，算是有个家了。他们靠挖野菜、剥树皮度日。由于逃到乡下的难民很多，野菜和树皮越来越难找到，叶家炳一家被饥饿折磨着，被死亡威胁着，弟妹骨瘦如柴，虚弱得站不起来，整日蜷缩在草堆里，他也只

第一章 童年之梦

剩下个大头，眼窝越来越深……

那一天，叶家炳永生难忘。下了一夜小雨，淅淅沥沥，他似寐非寐，母亲不时发出深长的叹息，像小刀一样绞着他的心。天快亮的时候，他才迷糊过去，醒来时雨已停了，他一骨碌从稻草窝里爬了起来，对依墙沿坐在稻草窝里的姐姐说："姐，快起来，今天我俩到山那边去挖野菜！"

"你今天不要出去，"母亲拎着一只水桶进来，放在他面前，"你在家照看弟妹，我和你姐到村子里去看看，可能找到事做。"她弯腰从水桶里捞起一把野菜，递到他手里，"我刚在小河沟里找到了几蓬水芹菜就摘来了，你们烧烧吃吧。"

叶家炳站了起来："妈，我跟你去吧，让姐姐在家。"

母亲摸了下他的头说："听话！"然后把水桶拎进里面，唤着大女儿，"来，洗把脸！"她又拿把梳子给女儿梳头，在她的辫子梢上，扎了条红绒线，接着从衣包里找出件半新花衫递给女儿，"穿上。"

叶家炳惊奇地望着母亲。自从逃难以来，他们一家过的已不是人的生活，15岁的姐姐也是蓬头垢面，母亲突然把姐姐打扮得清清亮亮，这是为什么？一种不祥的预感像一把麦芒扎着他的心，他惊恐地望着母亲，走过去问："妈，你要干什么？"

母亲虎了他一眼："有什么大惊小怪的！你姐是姑娘家，一副邋遢相，不让人笑话！"

母亲的解释是有道理的。他目送着母亲和姐姐渐渐远去的背影，心里仍然不安，觉得母亲在瞒着他做什么。他心不在焉地在三块砖头支起的瓦钵里煮熟了野芹菜，让两个小的吃了，他只喝了几口又黑又涩的水，就无精打采地坐在门槛上。通向村子的那条小路，像遗落在田地间的一根灰黄的细草绳子。母亲和姐姐的身影是在那里消失的，他盼望着她们从那条路上回来。他一动不动地朝着那里望着。

他真正领会了望眼欲穿的滋味。太阳下山的时候，小路的尽头才有个移动的黑点，那黑点越来越大，是个人！怎么是一个？他想，这肯定不是母亲和姐姐。他失望地合上了疲乏的眼睛。可那个折磨了他一天的不安突然间强烈起来！他惊恐地睁大了眼睛，一个绞心的念头出现了，莫非母亲把姐姐卖掉了？她一个人回来了？他的心陡地一阵锐痛，猛地扶着墙壁站了起来。

夕阳从路的那端投了过来，把那人的身影投得很长，逆光中，他判别不出那个变了形的人影是否是他的亲人。人影越来越近了，他的心像被针猛刺了一下，母亲！

他顾不得两腿酸软无力，顾不得头晕目眩，他高喊着"妈妈——！"向她跑去。

母亲听到他的呼喊，以为两个小的出了事，一边应着："家炳，出了什么事？"脚步也随之加快了。可她背着一袋米，人又很虚弱，一个趔趄绊倒在田埂上。

叶家炳冲上前去，抓住母亲连声发问："姐姐呢？姐姐呢？"

母亲没有回答这个问题，而是说："我帮人家舂了一天的米，一点力气都没有了，快帮我把这袋米弄回去，熬点稀粥吧。"

他却抓住母亲的手不放:"妈!我在问你哪!姐姐呢?"

母亲避开他逼人的目光,使劲掰开他的手,强忍着饱含的泪水不要涌出来,愠怒地说:"你听到没有!快和我把米抬回去,你弟弟妹妹几天没有米进嘴了,救命要紧!"

"妈!"他再也忍不住悲痛,哭了起来,"你为什么不告诉我?你把姐姐弄到哪里去了?"他又拽住了母亲。

母亲那没有表情的脸连连抽搐了几下,她抡起巴掌,可没有打下去,就抱着儿子哀伤地痛哭起来。

他什么都明白了。他挣脱母亲的怀抱,吼了起来:"妈妈!你把姐姐卖了?这袋米就是姐姐的卖身钱!……"他说不下去了,倏然双手捧住了脸,蹲在田埂上号啕大哭。

"家炳!"母亲抽泣着走到他身边,"你们都是我身上的肉,妈个个都疼。可是这年月,人的命比蚁虫还贱哪!你姐不走,我们全家都要饿死,我把她换了两斗米,或许能救活我们一家的命,不是妈狠心……"

"你别说了!"他泪流满面地扑进了母亲怀里。

第二章　少年从戎

一

惨白的月光，从屋顶的窟窿里、墙洞间恣肆地流进屋里，像一摊摊积水，散发出侵骨的寒气。

叶家炳一家挤在一起，蜷缩在稻草铺上，疲劳和饥饿使他们无法安眠。

突然，"扑通"一声，门口的石块滚落到地上。

叶家炳和母亲几乎是同时睁大了眼睛。两个高大的黑影跨过门槛，向他们逼来。来人脸上涂着锅底灰，看不清面孔，只有眼睛在骨碌碌生光，他们吓得大声喊叫起来："谁？"

母亲猛地爬了起来，惊恐地问："你们要干什么？"

两个黑影猛虎扑食一般擒住了他们，厉声地喝道："不许声张！"

"好人，好人！求求你们！"母亲乞求着，"我们的家被炸毁了，已无家可归了，行行好，饶了我们孤儿寡母吧！"

第二章

叶家炳望着抓住他衣领的男人,那满脸的墨黑,使他倏然联想起了大鼓书中描写的强盗。这下要遭劫了!他心里不由一阵发惧。为了壮胆,嘴里却连声发出质问:"你们要干什么!要干什么?"

"你还凶?"黑面汉子把他的双手扭到了身后,"你们要想不受皮肉之苦,就老实点!把金银财宝痛痛快快地拿出来,老子放你们一条生路!"强盗说着把刺刀在他面前晃了晃,"不识相,我就叫你尝尝这个!"

他左右扭着身子,挣扎着,叫道:"我们肚子都填不饱,哪里还有金银财宝!你们就是杀了我们,也没有呀!"

"小狗崽子!"强盗抬起脚向他猛踢过去,"你不想活了!"拳头像雨点般地砸到他的身上头上。

他愤怒地骂着叫着:"强盗,伤天害理的强盗!"他倒在了地上。

强盗又把他从地上拎了起来,刀尖对着他:"说!金银财宝在哪里!"

母亲见状大叫一声:"好汉手下留命!"挡在儿子前面,哭求着,"好汉,求求你!孩子不懂事,求你饶了他吧!求求你!求求你了好汉!"她在地上连连磕着响头。

被她挣脱了手的强盗扑过来,从地上拽起她,吼着:"别废话!把金银拿出来!城里出来的人都会装穷。"

抓住叶家炳的强盗提着刀也来围攻母亲了。他用刀尖顶着母亲的面颊:"看来不给你们放放血,是不会老老实实拿出来的!"

"住手!"叶家炳扑上去,双手拖住强盗的手,"不要伤了我妈妈!"说着就撕开自己的衣服,扯下挂在脖子上的羊脂玉,捧到强盗面前,说:

"放了我妈妈,这是我家祖传的宝贝,你们拿去吧!"

"儿子!"母亲又挣出了强盗的手,迎着刀刃去抢那块羊脂玉,"它是你的护身玉,不能丢呀!"

强盗抬起脚,向她猛踢过去。

她"哎哟"了一声倒在地上。

叶家炳丢下玉扑上去抱住母亲说:"妈,保命要紧!"

两个强盗还不满足,把目标转向了两个小的,他们把两个小人逼到墙拐,拳脚相加。

叶家炳明白,强盗抢不到东西,是不肯放过他们的,可家中有什么呢,除了从灰烬中刨出的几件首饰,就一无所有。他们指望把首饰变卖后,买回烟丝和加工工具,制作香烟度日。怎么办?弟妹的哀叫声使他的心阵阵颤抖。"妈!"他哭了起来,"怎么办啊?"

一个强盗又转身来拖起他母亲,劈头盖脑地打起来。母亲一声不吭地忍受着。

叶家炳再也顾不上别的了,转身扑到地铺上,掀开稻草,用手刨了起来,边刨边哭:"你们不要难为我妈妈和弟妹了,我们全给你们!这行了吧!"

强盗不约而同地扑了过来,将他一把拽得老远。他们刨出了首饰,拎上唯一的一包洗换衣服,扬长而去了。

他们一无所有了,母子搂在一起,抱头痛哭。

二

冬日,天亮得晚。

东边天际刚刚露出一抹微曦的时候,叶家炳就起身了,拎着借来的水桶出了门。

村庄还在沉睡中,泥泞的土路上布满了薄雪一般的霜花,在他的脚下吱吱嘎嘎地叫唤着,留下一行浅浅的脚印。这行脚印跟着他延伸到山那边的池塘边。

深冬清晨的世界多么阒寂啊!连晨雾仿佛都静止了。

叶家炳站在塘岸边,用木桶敲开了封冻的冰面,下意识地把双手凑到嘴边,呵了呵热气,蹬掉了鞋,脱下长裤,只留着条短裤,就滑进水里。

侵骨的寒气像无数的针尖刺向他的腿脚,他咧咧嘴、咬咬牙,蹲到水里,双手向着枯草的根部慢慢包抄过去。

他刚来到这个世界的时候,算命先生说他命里犯水星,得用火来克水,便取了个带火字边的名字。包河就在他家门边,小时候父母就不让他玩水。遭强盗洗劫后,在被饥饿折磨得奄奄一息的时候,他向母亲透露过捉鱼活命的念头。母亲流着泪水求他:"孩子,你妈宁可饿死,也不能让你下水捉鱼,你命里犯水,你若有个三长两短,叫妈怎么活得下去?再说,那鱼若是人家家养的,人家也饶不过你。你是妈的命,妈的依靠,你一定要听妈的话!"他答应了,但并未真正打消这个念头。

第二天,天没亮他就拿了个破竹篮来到这里。第一天出手,就摸了五斤多鲫鱼。他不敢久留，太阳一露脸就上了岸，在集上卖了七角多钱，买了两升大米，回家交给母亲说，这是帮人家干活得到的工钱，把余下的五角钱藏在口袋里。这样一连十几天下来，已积下了七块钱。如果今儿手气好，就可凑够买制烟工具和烟丝的钱了。

冷水像刀一样割着他的肌肤，十指冻得像胡萝卜一般，可成功的希望给了他热力。这些天他无师自通地掌握了些捕鱼经。他知道，天越冷，鱼就越往泥的深处钻，他还知道鱼儿喜欢藏身的地方。他的手指在水里变得那么轻巧，悄悄地向鲫鱼喜欢潜卧的水草须根处和烂泥中摸去。一条足有斤把重的大鲫鱼只挣扎了两下，就被他双手擒住了。

当冬日的太阳从山坳处懒懒地起身时，他已捉了半桶的鱼上岸了。他望了一下四周，仍是静悄悄的，他的嘴角露出了得意的笑容，拎起鱼向镇上去了。

母亲惊疑地看着制烟工具和烟丝，她的脸色忽然阴沉下来，冷冷地问："哪来的？"

"买的呀！"

"哪来的钱？"

"我赚的呀！"

"孩子呀，我们虽说穷得叮当响，可我们要穷得干净，我们可不能取不义之财呀！"

"妈！你想到哪儿去了，我是摸鱼换来的钱！"

"摸鱼？"一种后怕使母亲的脸刷地变得惨白，"儿子，这水可是要人命的呀！你怎么这样不听话？"

"妈，我这不是好好的吗？你别慌，我已赚回了制烟的小本，不再去下水摸鱼了，你放心吧！"

"说话算数？"妈妈乞望着他。

他点点头。

母亲一把将他揽在怀里，泪水无声地落进他的发间："儿子，妈苦了你！"

他摆了下头，眼睛也潮湿了。

三

合肥东乡，是个多方势力争夺激烈的拉锯之地，常有日本鬼子、伪军、国民党军队出没，共产党领导的新四军游击队也经常来到这里。

叶家炳拎着香烟篮子，走村串乡，冒着生命的危险，到三乡四里去卖自制的无牌香烟。他遇到过多种军队，他们买他的香烟，大多时候如数给钱，但也有拿了他的烟，不但不给钱，还打他骂他。有一次，他被一支队伍团团围住，他们抢了他的烟，还威吓他，说他是共产党的探子，要把他吊起来枪毙。他吓得不敢要烟钱了，哭着逃了回来。

1939年秋天，他卖烟卖到一个庄子上，遇上了一支20多人的队伍，这是一个人口集中的大庄子，他们住在庄上的祠堂里，除了一个当官的穿了身破旧军装，其余人的穿着和当地老百姓没有两样，只有两三支枪，扛的多是大刀和红缨枪。他们待他和和气气，和庄上的老百姓就像一家人一样，当官的也不打骂当兵的。他们买下了他的烟，还留他吃了午饭。他感觉到这支军队很特别，不像别的军队，就对他们产生了好感，他很想知道，他们是做什么的，就壮起胆子问了。

原来那个穿破军装的是个连长，他笑眯眯走到他面前，伸手摸摸他的头说："我们是打日本鬼子的新四军游击队。"

一听说是打鬼子的队伍，叶家炳心里立时产生了一种崇敬和向往之情。他恨日本鬼子，是他们炸毁了他的家，使他一家流亡他乡。他拉住连长的手，向他倾诉着对日本鬼子的国仇家恨。说完，他请求着说："长官，你收下我吧，我要跟你们一起去打鬼子！我要报仇！"

连长没有立即答复他，拍抚了下他的头，说："小家伙，你几岁呀？"

"我15岁了！"

"你还没有枪高呢！打鬼子可是要掉脑袋的活儿呀！"连长把他拉到怀里，"你不怕？"

"不怕！"他回答得十分坚决。

连长笑了，说："好！我答应你！不过，你应该先回去问问你家大人，征得他们的同意。"

他高兴得往边上一站，模仿着军人的姿势两脚一并，举手向连长行了个不很正规的军礼，说："是！"

叶家炳一路小跑，心里既兴奋又担心，兴奋的是，他即将成为新四军的战士了，有机会报仇雪恨了；担心的是，他是家里的顶梁柱、母亲的依靠，她肯放他去当兵么？怎样才能说动母亲支持他呢？愈近家门，他心里愈加忐忑不安。他虽已暗下了决心，不管母亲同意不同意，他都要去！但一见到母亲，他又失去了马上向母亲提出来的勇气。他放下篮子，拿起绳子，要去拾柴禾，他想以不停的劳动来平息思绪。

母亲见他额上渗着汗珠，慌忙从他手里夺下绳子扔到地上说："你跑了几十里路，快歇歇，家里还有柴烧。"拎起衣袂为他揩揩汗，转身倒了碗温开水递给他，"喝口水。"

他端起碗，一仰脖，咕咕几口就吞了下去，用袖头揩揩嘴，又从地上捡起绳索，说："妈，我不累。今天天气好，多捡点，留着落雨落雪时烧。"边说边往外跑。

"你这孩子！"母亲追出去，他早走远了。她望着儿子的身影，心里涌起一缕蜜意，她为儿子的勤劳和懂事感到骄傲。

傍黑的时候，他背着一大捆柴禾回来了，他把它放进庙堂里，就是下雨也淋不着了。他又拿起水桶，去河里拎水，他想在离开家之前，多做一点事，这样，他的心稍许会好过一点。

他拎了一桶又一桶，母亲怎么也拦不住他，母亲的目光追逐着他的身影，突然，她意识到儿子的举动有些反常，心里不由得怦然乱跳，这孩子怎么了？怎么一声不吭地闷着头干活，莫非他在外面遇上了什么事？有什么心事？她的心仿佛也被暮色裹住了，变得又沉又重。

晚饭是山芋粥。母亲先从锅底捞了一碗稠的递给他。

他向锅中瞟了一眼，又把粥倒回到锅里，从母亲手里夺过锅铲，搅拌起来。

"孩子,你这是干什么?"母亲心事重重地望着他,"你每天出去卖烟,不吃点稠的哪有脚劲?怎么能和我们在家里的相比呢?"

"妈,你歇会儿吧!"他把母亲按到石块上坐下,"每餐都是你侍候我们,今晚,我也要侍候你一次。"说着转身盛粥。

他先盛一碗递到母亲手上,再依次给弟弟妹妹盛,最后才盛自己的。

他们围着放在砖头上的一碗苦咸菜,闷着头呼啦呼啦地喝粥,谁也没说话。可母亲禁不住不时拿眼瞅瞅他,她觉得儿子已完全像个掌家理事的男子汉了,她的心也越发不安了。儿子到底出了什么事呢?她忍不住了,问:"家炳,你今天怎么了?我老觉得要出什么事!"

"妈,你先吃饭吧!吃完饭我再告诉你,我是有事想跟妈商量。"完全是大人的语气。

母亲睁大了眼睛,儿子还从未用这样严肃的语气同她说过话,一定出了什么事,她的心猛然一阵战栗,她再也无心喝粥了,她停下筷子,惊慌地望着儿子问:"你要说什么就快说吧!我这心可等不及了呀!"

"妈……"他的目光碰到了母亲焦虑不安的目光,他不得不把堵在嘴边的话又吞了回去,他的眼帘也随之耷拉下来了,他把头埋进粥碗里。

"家炳!"母亲更不安了,她放下碗,紧紧望着他,"我的儿子,你难道不知道,你是妈的命根子,你遇到了什么事,快快告诉妈呀!"母亲的声音显得悲伤又苍凉。

"妈!"他只得拐着弯说出来,"你恨不恨日本鬼子?"

"你这孩子,这还用说,若不是千刀万剐的小鬼子,我们怎么会落到这步田地!"

弟弟霍地举起拳头大声说:"打倒小鬼子!"妹妹也跟着喊开了:"打倒小日本鬼子!"

叶家炳放下碗,搂住弟妹两个,深情地望着母亲:"妈,我想去打鬼子!"

弟弟连忙响应:"我也去!"

母亲的眼睛立时瞪大了,愣愣地看着他,好半天才反诘:"打鬼子?你一个孩子家怎么个打法?你在空口说白话吧?"

"不,妈妈,今天我遇到了一支打鬼子的队伍,他们是新四军游击队,专门打鬼子的!"他把这支队伍与别的队伍不同的地方全部告诉了母亲。

母亲默然了,原来这样!儿子要离开她了。她的心不由一阵绞痛,可她的眼前倏地浮现出壁倒墙摧的家,冒着淡蓝色烟雾还未变成灰烬的房梁……一股强烈的仇恨猛地冲上心头,儿子懂得仇恨了,他要去打鬼子,做娘的还能拦阻么?但,他才15岁,还是个孩子,她又放心不下,问道:"你这么小,他们肯收你么?"

"妈妈!"他那颗害怕母亲反对而紧缩的心,一下释然了,他连忙回答说:"我已同他们说好了,他们愿意要我!"

"你有这个志气,很好!"母亲的心镇静下来了,"你爸在世时有句口头禅,好男儿,志在精忠报国!"她肃然地望着儿子,"你去打日本鬼子,妈不拦你!"

"妈!"他激动得扔了碗,一下就扑进母亲怀里,"谢谢妈妈!只是……只是……"

母亲知道他要说什么,拍了拍他的肩背,说:"儿子,天无绝人之路!有你妈在,就有你弟弟和妹妹在,你放心地去吧!我会想办法把他们养活的!"

"我的好妈妈!"他扑向了母亲的怀抱……

丢下了苦难中的母亲和弟妹,使他极端的痛苦和难堪;即将投入到人民战争的洪流,又使他无比的激奋和喜悦。这两种心情交织在一起,确实悲喜交集!这个稚嫩而又要强的少年,不禁在妈妈的怀里放声哭泣。

这样的家庭,在革命战争年代,是千千万万个家庭和人生的缩影,而在回望人生路的时候,这种情形也就成为彪炳史册、可歌可泣的一幅幅光辉的画卷!

四

叶家炳非常喜欢新四军游击队这个革命大家庭。他把红缨枪枪头擦得锃亮锃亮,把红缨梳理得整整齐齐。站岗放哨,毫不含糊。

1941年春天,游击队整编。指导员问他:"叶家炳,你愿不愿意去读书?"

"读书?"他以为自己听错了。

"组织上考虑到你年纪还小,准备送你去津浦路西联合中学读书,等你长大了,又有了文化,再打鬼子也不迟。"指导员喜爱地拍拍他的头,

"高兴不高兴？"

天地在这瞬间赋予了他最丰富的色彩，生活在这瞬间闪耀出绚丽的光华。他一下蹦了起来，抱住了指导员："太好了，毕了业我就回部队。"

不久，根据地创办艺术学校——淮南艺专，他又被挑选了去。

学校设在天长大通镇邬家郢一个望族的祠堂里，里外三进。初春和煦的风吹醒了冬眠的野花野草，它们从墙根和砖缝间拼力地往外长，丛丛嫩绿中，疏落地开着白色的、紫色的野花，一派生机蓬勃的景象。

他们一群十五六岁的男女青年，在前院中站成三列长队，听校长讲话。

"同学们，欢迎你们！淮南艺专，是我们根据地创办的最高艺术学府，是所培养抗战艺术人才的专门学校。我们共设三个专业，音乐、美术、戏剧……"

当听到"美术"两个字时，叶家炳的心怦然一动，我有机会学画画了！他的思绪仿佛突然长上了翅膀，飞了出去，五颜六色的字纸干、洋画片在眼前纷飞，教堂穹顶上的圣经绘画在盘旋……

许多同学被叫出了队列，聚到院子的另一处。他无所适从，愣在原地，心里有点着急。

"叶家炳，你到这边来！"一位老师模样的人在那边招呼着他。

"我来自我介绍一下，"老师说了他的姓名，"我是戏剧系的主任，兼任导演。学校领导很重视我们戏剧系，学生由我选挑，从今天起，你是我们戏剧系的学生了。……"

叶家炳这才明白，他被戏剧系的老师相中了！怎么这样倒霉！他耷拉下脸，满心的不快活，老师下面讲了些什么，他一句也没听到。

"立正！向右转，齐步走！"

他糊里糊涂跟着队列往后院走。

"立正！"老师让他们在最后一进中的大厅堂中停下，"这就是我们的教室。"

教室？叶家炳向空阔的房子掠了一眼，除了靠北后墙一个阶梯式神龛陈列着祖宗牌位外，什么也没有，空荡荡的。

"大家就地坐下！"老师发出了命令，"同学们，我们的任务，就是学演戏！演戏的目的就是动员民众团结起来，赶走日本鬼子！大家明白不明白？"

"明白！"

叶家炳虽然满心想学画画，一听说演戏也是为了赶走鬼子，这是他最大的心愿，打败了鬼子，他就可以回家和母亲家人团聚，重建家园。他立即和同学们一道大声应着。

"我们要排的第一个戏，叫作《一个打十个》，由我来导演。"接下来导演就给他们讲解剧情，讲解人物，讲完之后就分配角色。

"叶家炳！"

"到！"他站了起来。

"你演农民夏大粗。"

"是！"

排练时，他怎么也进入不了角色，总认为这是假的，他是叶家炳，不是夏大粗。一上场就忍不住笑。导演几次三番地要他重来，他还是要笑，惹得导演发火了："你怎么这样不严肃？这是为了抗日！为了革命！"

他却仍然要笑，戏排不下去了。他耷拉着头，走到导演面前，乞求着说："老师，我不是演戏的人，您换一个人来演吧！我情愿干出力的活，搭台、拉幕、点汽灯，我样样都能干，就是演不来戏！我求求您了！"

导演叹了口气，向他挥挥手说："你太令我失望了！去吧！去吧！"

干别的，叶家炳非常聪明。点汽灯成了他的绝招，一排汽灯，他要不了几分钟就叫它们雪亮起来，站在侧幕边的导演都看傻了。有一天演出，他一次点亮了五盏灯，把广场照得如同白昼，导演高兴得眉开眼笑，走过去拍拍他的肩说："小鬼，干得不错！舞台工作也同样重要呢！"

又有一天，导演找到他，说："小叶，我们戏剧、音乐两个系联合排练《黄河大合唱》，女声部人不够，你参加女声部合唱。"

"女声部？"一个堂堂男子汉和女人们在一起？"我不干！"

"嗬！真看不出啊！"导演笑了起来，"你还这么小，就染上了封建思想？"

"我不是女人嘛！为什么要我和女人们一起？"他委屈地噘起了嘴。

"这是革命工作的需要！"导演的脸拉了下来，"服从命令！"说完就转身走了。

头几次排练，他总是不敢抬头，闭着眼睛唱，但练着练着，他的心被那象征着中华民族的黄河的怒吼之声所震撼，忘情在那雄壮的旋律中了，他已完全忘记了自己是在女声部，他的心在怒吼，他的血液也在沸腾……

五

叶家炳坐在河岸边,一手拿着一块马粪纸,一手拿着一截铅笔尖儿,凝视着夕阳中的河面。

西去的落日像一只烧红的铜盘,挂在远山的顶上。它的影子横斜在河面上,随着微波荡漾,像一束闪烁的烛光。乌黑的小船在逐渐暗淡的光影中忙碌着。沿岸疏落的石板上,蹲着、坐着洗衣洗菜的嫂子大娘,捶衣棒下水花飞溅,一群赤裸着肩背的孩子们,在浅滩上撩水嬉戏。黄昏里躁动着生命和青春。

自从学校到三汊河镇来开展民运工作,他就喜欢上了这个水旱两便的码头。美术系的老师每天带着学生到河边写生,他心里总是痒痒的,羡慕得不得了。一待吃过晚饭,他就喜欢来到河边,站在他们写生的地方,看太阳,看渔船。昨天,他在河岸上拾到一截铅笔头,兴奋得一夜都没睡安稳。他想象着如何用这截铅笔头,画三汊河的黄昏落日,他没有找到纸和做画板的东西,可他在街头找到了一只马粪纸盒子,他把它裁成几块,既可当纸,又可当画板。他把晚饭三口两口扒下了肚,就夹着马粪纸来到河边。

他又一次在黄昏的河上景色中陶醉了,便仿效着美术系同学的样子,画起了三汊河的小渔船、洗衣妇女。铅笔头在他手里飞舞着。

"画得不错!"背后突然响起了叫好声。

他吓了一跳,倏地站起来,转过身。

一个30来岁的男人站在他的面前。他马上就认出来是美术系的老师

第二章 少年从戎

亚君，20世纪30年代上海新华艺专的毕业生。叶家炳对他崇拜得很，只是没有机会结识他。现在，他就站在自己面前。叶家炳那白皙的脸上不由兴奋得泛起了羞怯的红晕。"亚老师！"他腼腆地叫了一声，就把画着画的纸板往身后藏。

亚君对他微微一笑，伸手拿过他手里马粪纸做的画板，端详着上面的速写，连声称赞道："你画得很好，很有灵气！你的才气不在唱歌演戏，在画画！我去跟领导说，让你到我们美术系来，好不好？"

第一次有人发现了他的绘画天赋，他激动得两眼发光，望着面前自己崇拜的偶像，心里涌起潮头般的感激之情。他两脚一并，向亚君敬了个举手礼，说："谢谢亚老师！我很小就喜欢图画，我就是想学美术！"

那是间破旧的农舍，黑暗从窗口逼进来，叶家炳和同学们屏息注视着老师亚君。一盏如豆的菜油灯吊在屋梁下面，蚊虫、飞蛾围绕着它上下飞舞，不时撞在亚君的脸上，钻进他的鼻孔，他似乎毫不在意。他边讲边在身后烟火熏黑的墙壁上示范地画着，灯光摇曳在这一张张青春荡漾的脸上，阳光般爱抚着这群孩子。

叶家炳愣着一字眉，凝视着雾霭般淡黄的灯光，心中涌起一阵又一阵的情涛。是亚君发现了他，又激发了他的绘画才华，使他这个喜欢画而不会画画的孩子，有机会接受绘画基本功的训练，唤起了他对美的向往和追寻。他手里的笔突然神奇般地舞动起来，速写本上，出现了亚君的影像轮廓。他的眼睛突然湿了，情不由己在速写本左下方迅速地写下他的心声：为了表示对启蒙教师的敬仰和铭记，从今天起，叶家炳更名为亚明。

六

勤奋加天分，使亚明很快成为美术系出类拔萃的学生，成了亚君的得力助教。

但是，淮南艺专没多久就停办了。亚明和一部分同学被送进了刚刚组建的淮南大众剧团搞舞台美术。不久，淮南抗敌文化协会组建美术工作队，亚君任负责人，又把亚明要了去，做美术工作的艺术骨干。

美术工作队经常到村头巷尾去写标语、画壁画和漫画，宣传抗战。亚明和战友们一起，整天提着颜料桶，带着刷子和笔，到一村画一村，村村户户，满壁满墙都是画。他的艺术天赋得到了发挥，绘画技巧更进一步，成了淮南抗日根据地中小有名气的画家。

1942年春天的一天，亚君把他叫到跟前，说："亚明，上级命令，调你去冶山县（今属南京六合区）文教科工作。"亚君把手搭在他的肩上，"你走了，我可蚀了本啊！"亚君使劲抓住他的肩膀，摇了摇，"我知道，你喜欢美术工作队的工作，同志们也都舍不得你离去！可是，我们要服从革命的需要！"

亚明从老师的精神中感受到深深的惜别之情，自己也心潮难平。但是，他得服从命令。他点了下头，问："要我何时去？"

"明天你就去报到。"

他两脚一并，举手向他崇敬的启蒙老师行了个军礼，说："老师，我永远不忘你的教导！永远感谢你！"

第二章 少年从戎

亚君抓住了他的手,深情地说:"亚明同志,临行前我赠给你一句话:既然你爱美术,就任何时候也不要丢弃它!"

他的眼里忽地升起了一缕潮雾,他理解了老师的情意,紧握着老师的手,坚定地说:"我一定永记在心!"

他离开了他钟爱的美术工作,来到了一个陌生的督学岗位上。可他很快就找到施展绘画才能的机会。他到所辖的学校去检查工作时,发现小学生的油印课本又破又旧,既没有插图又没封面,这样的课本,怎么能引起孩子们的学习兴趣呢?教室的墙上空荡荡,没有一点色彩,死气沉沉,围墙灰蒙蒙,没有一点生气,不像个学校样子。他想使学校变得有生气起来。他征得学校领导的同意,亲自动手,重新刻印课本,配上课文,刻上生动有趣的插图,又配上新颖漂亮的封面。学生们喜欢得不得了,十分珍爱,谁也舍不得把它弄脏。他又在教室的墙上和院墙上,画上宣传画。学校面貌立时焕然一新,生气勃勃起来。孩子们在这样的环境里学习,也变得更加活泼了。

他从这个学校画到那个学校。

那是个雨后的黄昏,天空灰蒙蒙,他背着赭红色的油纸伞,从镇上的学校回去。县政府设在一个村子里,离镇子有十多里路,翻过一道山岗,面前就是一眼望不到边的平坂。

他低着头往前走,心里还在想着刚刚完成、画在学校围墙上的那幅画:一群手执红缨枪的少年,逮住了一个汉奸,交给新四军。想到得意处,他不由独自笑了起来。

就在他得意的一瞬，他抬了下头，看到一条狼迎面而来。这个地区狼群活动猖獗，经常有狼咬伤人、拖走小孩的事发生。太阳一落山，路上就断了行人。他不由一阵悚惧，慌忙用眼掠了下麦地，看看可是被狼群包围了。

麦子刚抽穗，不高不矮，没有发现狼群，他的胆也就大了起来，他朝着狼大吼一声。

那狼却毫不相让，盯着他"呜呜"地吼着，大尾巴甩来荡去。

天下起了毛毛细雨，远处又响起高高低低的狼嚎声，他慌了，不敢往前走了，他盼望后面能有个人来，但他又不敢回头，害怕在回头的一瞬，那狼趁机扑上来。他和狼僵持在小路上。时间一分一秒地过去，他没有听到他所期望的脚步声。不能僵持了，得赶走它，否则，天一断黑，他将成为它的晚餐。他壮了壮胆，向前吼着走几步，狼也向他吼着前进几步。

他更加害怕了，这样对峙下去，引来了狼群怎么办？他突然想起背上的伞，灵机一动：狼肯定不知道这是什么武器。

他取下伞，突然把伞一撑，怪叫着向狼冲去。

狼果然被这圆圆的怪物吓住了，转过头，夹着尾巴跑了。

他不再怕狼了。

不久，淮南艺专的老领导何秋贞同志带领淮南少年工作队到冶山县开展工作，他把亚明要到了少年工作队。

而后，他又奉命调到和含支队政治部文艺工作队。

第三章　小试才智

一

江北的村镇都有着一样的风情：一条土路横贯街心，延伸到十村八里，两旁排列着杂货店、卤菜馆、理发店、茶馆、木匠铺、屠宰铺、百货店、棉花行……一条沙河从街背后流过。十村庙镇也不例外，它是周围村庄货物的集散地、经济活动中心。

亚明彻底离开了他热爱的文艺界，来到这样一个陌生的地方，要独当一面地开展扩大抗日武装、发展地方政权的地下工作。他化名王有才，进了一家棉花行当账房。人生地不熟，如何着手开展工作呢？他想，得首先成为群众的朋友，得到他们的信任，让老百姓从他们的行动中感受到新四军游击队是打鬼子、为人民的军队，他们才能自愿投身到抗日队伍中来。如何才能达到这一目的呢？他一边记着棉花行的收支账目，一边盘算着自己的行动计划。

门帘掀起，两簇火红的热焰滚进了店堂，老板娘脚上的红绣鞋使他那打了结的思绪倏然亮堂了，他找到联系群众的契机了。他一来到这里，就已感觉到，这位老板娘引领着这十村庙镇穿着的新潮流。他立即给喜爱赶时髦的老板娘设计了几种新颖别致、象征吉祥美好的鞋花图样：凤穿牡丹、鹊雀登梅。老板娘很喜欢他设计的这些图样，马上动手刺绣。她穿着新绣鞋往街上一走，立即轰动了一条街。大姑娘小媳妇立刻围上了她，啧啧称赞，向她索讨花样。

老板娘的虚荣心得到了很大的满足，她高兴地向她们介绍着她家的账房先生。

亚明成了姑娘、嫂子、大娘崇拜的对象，他牵动了一街女人的心。这个请他画个帐沿图案，那个求他设计个枕头花样，最多的当然还是鞋花图样了。连给小孩做个兜兜，也来请他画个花或阿猫阿狗的图样。他总变着法儿叫她们满意。

他很快和镇上的大人小孩熟识了。他的声名也随之传到了四村八乡，农村的嫂子、大娘上街来赶集，也来求他。人们把他当作自家人，有好吃的，也来叫他，他就趁机开展工作，宣传抗日道理。老百姓相信他说的话，一些贫雇农跃跃欲试，愿意参加特工队。

亚明在十村庙镇的活动很快传扬开去，引起了国民党顽固派驻古河镇二支队司令柏承君的恐慌。十村庙镇离他的驻地很近，他害怕亚明的活动影响他辖地的安稳。

他下令悬赏："谁抓到新四军武工队队长王有才，赏大洋一千块，就

第三章 小试才智

地正法赏大洋五百块。"告示贴到了十村庙镇。他一面派了人马来"扫荡"骚扰，一面派出便衣四处搜捕。亚明和助手邓本叔商量如何对付顽固派的策略。

邓本叔说："队长，我们还是暂时躲一躲吧，待'扫荡'过去了，我们再回来。"

亚明摇摇头，坚决地说："那不行，县委早有指示，任何情况下，我们也不能离开这里的！"

邓本叔申述着理由："敌我力量悬殊，我们两个人能对抗得了二支队？"

亚明严肃地看着他："本叔同志，你说得不对，我们还有群众呀！他们可比二支队的人马多得多，有他们的掩护，二支队奈我若何？"

"人家是用高价悬赏抓你啊！"

"你不用为我担心！"亚明淡淡一笑，"重要的是你要保护好自己就行了！"

"我想我还是埋伏起来的好，我有个发展对象，他是个理发的，很可靠，工人阶级，我和他研究过，我埋伏在石桥洞下，由他送消息和吃的，敌人在这里不会久留的，几天后他们就要回古河去。"

"我还是那个意见，"亚明坚持他的意见，"不能离开熟悉了的群众和环境。我担心那人不可靠！但你是党员我是群众，你看着办吧。"

"你怎么能怀疑工人？他是有觉悟的新党员呢！"邓本叔不高兴了，"我们很要好，我相信他决不会出卖我的！"

"既然你这样相信他，我也不勉强你，但有一条，遇到特殊情况，应随机应变。"亚明仍然不放心，"第五天头上，我们在王油坊里碰头，不见不散!"

邓本叔点头应着:"不见不散!"

二

亚明和二支队的顽固派捉了几天迷藏。他像一条畅游在深潭中的鱼那样活跃在群众之中,忽东忽西,忽南忽北。敌人能感觉到他的存在,却又摸不着他。

他的机敏使敌人无可奈何,他们只好撤回明枪,放射暗箭,撤退了队伍,派来了暗探。

那天晚上,他摸黑回到镇上,住在茶馆里。一夜无事,清晨起床刷牙,一个老百姓慌慌张张跑进茶馆,结结巴巴地对他说:"王……王队长,快……快跑,镇上来了生人了……"

他丢下漱口碗,就从后墙翻到河里,一个渔夫把他藏进小船中,划走了。他要赶到王村去与邓本叔碰头。

他先在堡垒户家吃了饭,就去王油坊附近的树林里等着,观察附近可有什么动静。

春寒料峭,北风像小刀子一样削着他裸露的手脚和面颊,钻进他的颈项。他的单衣单裤被风戏弄得抖抖颤颤,正应着一句俗谚:"冬风不过篱,春风钻牛皮。"

第三章 小试才智

　　为了不被冻僵,他从这棵树下转到那棵树下,隔年落下的枯叶在风中打着旋子,在他脚下发出"沙沙"的声响。太阳没有一点暖气,它已把林木的影子拉长了。他焦急等待的心仿佛也被拉扯着。他再也耐不住性子了,向油坊走过去。

　　没有人的声息,没有雀叫,没有虫吟。寂静使他的心跳得厉害,一种不祥的预感突然撞击着他的心壁。什么情况都会发生!也许就在这瞬息之间。小邓被敌人抓获了,他受不了敌人的酷刑,正带着敌人潜卧在油坊里?也许他等待很久了,和他一样焦虑?也许……

　　他放轻脚步,走进丛生着枯草的废弃油坊,他的脚步声惊醒了栖息在房梁上的一群老鸦,它们大叫着,"呼呼"地飞了出去,他先是一惊,慌忙将身子退到断墙后,但他马上判明了情况,这里除了老鸦,没有人。小邓为何没有来?莫非他真的出了事?遇害了么?还是环境险恶未能走出来?他的心一阵紧缩。战友的安危揪紧了他的心。他只在里面转了一圈,就迅速离开了。

　　他回到堡垒户家,把自己装扮成走亲戚的青年农民,趁黄昏的昏暗光影回到了镇上。

　　他没去茶馆,而是从后街翻墙进了棉花行的后院。他先进了灶屋。

　　烧锅的丫头一见到他,惊吓得张开了嘴。

　　他忙向她摇摇手,示意她不要声张,遂装出没事人的样子,微笑着坐到灶下。

　　小丫头这才回过神来,凑到他面前,小声地说:"王先生,上午镇上来了二十几个便衣队,挨家挨户地搜你呢!幸好你不在!好怕人啊!我们都为你捏一把汗呢。"她把头凑近,放低声音,"这里危险,说不准黄狗子晚上还会来呢!"

"小丫,"老板娘站在门帘外头,"你跟哪个说话呀?"

"老板娘!"亚明连忙站起来,迎过去,"是我呀!"

一听是他的声音,老板娘慌忙掀起门帘走进来,惊恐地上下打量着他,"王先生,你没出事吧?"

亚明笑笑,摇摇头说:"出事还能到这里来吗?谢谢,让你惦记了!"

老板娘的目光惊惶不定,她下意识地向四周掠了一眼,把声音压得很低很低,"你最好避一避,镇上太危险,你还不知道吧,邓同志出事了!"

"出事了?"亚明的心又紧缩起来,他不希望这是真的,"怎么出的事?"

"邓同志给二支队活埋了。是镇上剃头匠带人从石桥洞里抓出来的。"

仿佛有无数把小刀扎进了他的心中,使它在汩汩淌血,既痛苦又愤怒,他又为先头在王村的胡乱猜疑而羞愧。他无声地在心里呼唤着:邓本叔,我的好战友,好同志,好兄弟!你是为了保全我的生命而被害的呀!我对不起你,我不该怀疑你的忠诚,我不该同意你一人去那里隐蔽!我要为你报仇!我一定要把这儿的抗日武装组建起来,要把这个地区完全控制在我们新四军的手里!

他定定地站了一会儿,就缓缓地走出灶房,朝着店堂的门走去。

老板娘仍然惊魂不定,不知他要干什么。她惶惑地望着他,跟到店堂,小声说:"吃了夜饭再走吧?"

他无语地摆了下头，走进漆黑的夜色中。

三

亚明摸黑去找县委汇报，要求正式成立武工队。县委领导同意了他的要求，并启发他入党。又派给了他一个叫张云的助手。经过半年多的独立工作，他已有了些斗争经验。他跟张云说："我们明确下分工职权，我是队长，你是乡长，一切活动都要听从我的指挥。"

张云很尊重他，和他配合得很默契。他们很快发展了一支十几个人的队伍，控制了好几个村子，地盘还在逐渐扩大。但他们的力量还不强大，虽然有许多人表示愿意参加，但一公开活动，有些人就犹豫了，有了顾虑，担心他们待不长。开始加入的，大多是些社会油子，后来参加的人多了，他就将品行不正的人淘汰出去。他们在一些路口设卡子，收点税，力量扩大了，影响也更大了。

柏承君二支队的地盘不稳固了，便又来"扫荡"。但在山口中了武工队的计，吃了亏，伤了好几个人，好久不敢来骚扰了。亚明的队伍开始站稳了脚跟，参加的人迅速地多起来。亚明的心也更大了，想去日本人设有堡垒的地区周围开辟新的工作。他去请示县委，县委领导表扬了他，说："亚明同志，你的想法很好，你在边区的工作很出色，你可以参加中国共产党了！"

1943年7月1日，亚明在党旗下举起了右手。他决心为共产主义奋斗终身。

1943年除夕的傍晚，他从刚发展的一个武工队员家中出来，发现被人盯上了。两个陌生人远远地跟着他，他很清楚，这不是顽匪的探子就是日伪的眼线。急中生智，他装着什么也没发现一般，向一家地主的房子走去。那家的长工是他新近发展的武工队的秘密队员。那时共产党的政策是要团结地方上一切可以团结的力量共同抗日，因此边区的有些地主是两边不得罪。他大模大样走了进去。

这是一幢三进房子，一进三开间，亚明在第一进大门旁的牛栏里找到了那个长工，悄悄跟他说："今晚我跟你睡！"说着就走到了后进地主住的地方。

地主正在玩牌，见他进来，连忙招呼："王同志，你也来玩玩牌吧！"

亚明连忙推辞说："你玩，你玩，我不会，我想到你书房睡觉去！"

地主也就不再谦让了，说："那好，那好！等会儿在我这里吃年夜饭。"

一个女佣人端着盏灯，把亚明引进了书房。她把灯盏放下，问亚明："先生可要喝茶？"

"不啦，我有些累，想歇会儿。"

女佣走了，亚明靠在太师椅上。他已十分确信，这家屋子已被看起来了，他只能等待时机脱身出去了。

他还没把凳子坐热，就听到外面狗叫。他想，敌人追来了！他起身走出书房，装着什么也没发生一般，对地主说："我刚想起来了，还有件急事需要回去办，少陪了！"

地主站了起来，客气地说："王同志，年夜饭就要好了，吃了饭再走吧！"

"谢谢，不啦，不啦，人家在等着我呢！"他拦住了地主，"我是常客，不用送！"

亚明并没有离开地主家，他来到前面一进屋，钻进大门边上长工的住处，下面是牛栏，放着尿桶，上面有个跳板，长工就睡在上面。他爬到跳板上，和长工挤在一起躺下，对长工说："有人打门，你尽管去开，别管我！"他把子弹推上膛。

突然，大门被拍得山响。长工吓得不敢动。他推推长工说："快去呀！"长工这才滑下跳板。

亚明跟在后面也下去了，趁着长工开门的当儿，就侧身躲到门背后。

一伙端着步枪的人冲进来，直向后进奔去。

月亮还没有出来，他从门缝里隐约看到门外留有放哨的士兵。地主家的狗狂吠着把那个放哨的逼到了草堆边。

他片刻也不敢停留，趁机匍匐在地，爬出了大门。狗向他摇摇尾巴，一声不叫。

他一口气爬到大柳树下的干塘埂下，伏在取过土的洞里。

村里响起了热烈的鞭炮声，伴着狗的狂吠。乡亲们在热热闹闹吃年夜饭了。他紧偎在干涸的泥塘底下，忘记了时间和饥寒，只希望能快快离开，别让敌人逮住了！他得赶在敌人从地主家出来前，离开藏身的干塘，才有希望脱离危险。

狗吠声越来越紧，又传来杂乱的奔跑声。有人打着葵杆火把从屋里出来了。他得赶快离开。路口不能走，只能走常闹鬼的乱葬岗，那里没人敢去。

亚明顺着塘底爬到岸上，向可怕的乱葬岗走去。

鞭炮声越来越激烈，亚明磕磕碰碰走在乱石杂草丛中，他的心阵阵发酸。他想起了断了音讯的母亲和弟妹们。不知此刻他们在哪里？有年夜饭吃吗？他难过起来，但他又安慰着自己，让鬼子逼得无家可归、家破人亡的家庭又何止他一家？路有饿殍，遍地哀鸿，无处栖身，没能吃上年夜饭的人比比皆是，自己为了赶走鬼子，为了让吃不上年夜饭的穷人也能吃得上饭、放得起鞭炮，大年三十被敌人赶得东躲西藏又有什么了不得的？从参加新四军游击队那天起，自己不就已下定了决心，为了打鬼子，就是牺牲了，母亲也会为他感到骄傲和光荣！说到闹鬼，亚明想，我是个男子汉大丈夫，是共产党、新四军、唯物主义者，世界上本来没有鬼，怕什么鬼。

想是这么想，心里还是有点发蒙，他鼓起勇气，向乱葬岗腹地走去。

没有月亮，只有闪烁的星星，北风吹得茅草枯叶哗啦啦响，坟冢一个接一个。他高一脚低一脚，跌倒了又爬起来，继续往前走。"刺啦"一声，裤腿被荆棘撕开了。他在翻过乱坟岗时，就看到了两条白色的引幡在黑暗中颤颤抖抖、摇摇晃晃，伴之传来咕咕的怪叫。

亚明浑身汗毛都在这瞬间竖了起来，他的眼睛也瞪大了，新厝的棺材上面隐隐有个东西在动。他猛地拔出手枪，大喝一声："是人是鬼，都给我出来！"

他这一声大吼，棺材后面走出一个人来："王队长，是我。"

第三章 小试才智

这是个游手好闲不务正业的地痞，专干偷鸡摸狗的营生，还常常装神弄鬼吓人，住在李家油坊里。

亚明深知，这些流氓地痞，有奶就是娘，哪个扔给他一块骨头，他就为哪个去咬人害人，不吓吓他，他就要坏自己的事，把他镇住了，就可能为己所用。亚明提着枪，冲到他面前，厉声说："八月这里吓死一个卖土布的，村上一个卖鸡蛋的也吓得生了病，村里到处闹鬼，我就知道是你在搞破坏！"他隐去了有人正要抓他，"今天，我是专门来抓你的！"

"王队长，王队长！"那人向他连连作揖，"我只在这儿吓过两回人，河滩、干塘那里闹鬼不是我的事！"

"我不管是不是你在弄鬼，可我现在抓到了你，"亚明想利用他一回，吓唬他说，"明天我要召开公审大会枪毙你！"说着把手枪舞了舞。

那人吓得"扑通"一声跪在地上，捣蒜一般向他磕着头，"王队长，求求您，饶了我吧！我不是搞破坏，我是想报复呀！他们看不起我，把我当坏人，我就想吓吓他们，吓病他们，出出这口气！您大人大量，饶了我吧！下次我再也不敢了。……"

亚明吼住了他："你是真不想死？"

他又向亚明磕了个头："王队长饶命！"

"那好，从明天起，你每天到鬼子住的镇上，给我弄两次情报来，我就饶了你！"亚明停住半拍，冷笑一声，"你若不按我的意思去做，我随时都可毙了你！你起来，现在带我去你家。"

"好好！"那人连声应着又向他磕了个头，"谢谢王队长！"

亚明在李家油坊住了一夜。临走时，他又教训了那地痞一顿，"乡亲们看不起你，是因为你不老实做人！你若再装神弄鬼，你若给鬼子和伪军通风报信，我就要对你不客气了！"

"是是是，"那人连连应着，"王队长的指示，我一定照办！我也是中国人嘛。"

四

亚明和战友的工作有了进展，他们控制了一个区的范围。县委给他派来一位区委书记，领导他们的工作。他叫赵文，不到30岁。亚明才19岁。都有一腔热血，共同的事业把他们团结得像亲兄弟一般，他们配合得很好。他们又决定把活动范围扩展到新甸庙一带。

新甸庙一带，各村都有大刀会组织，势力很强大，当地的农民几乎全部参加了。他们决定去找这个地区的国民党区长谈判。

那天，亚明和赵文穿着长衫，戴着礼帽，手提一根文明棍，化装成绅士。他们来到离区公所不远的一幢房子门外，抬手叩门。

大门拉开一道缝，一个当差的探出头来问："请问先生尊姓大名？哪里公干？"

亚明回答说："我们是你们区长的朋友！"

当差的迟疑了片刻，上下打量着他们，见他们英俊潇洒，衣帽光洁，立即堆起笑脸，拉开大门，连声说："请进！请进！"

这是那种两进的大院，他们径直走进后进。当差的连忙跑到他们前面，把他们引进会客室，说："请二位稍等一会儿，我去通报。"他走到厢房门外又转回来，再次问他们："二位尊姓大名？"

亚明装作没有听到，抬步就往厢房走去，赵文会意，跟在后面。

当差的发现"来者不善"，急急地抢到他们前面拦住说："区长到区公所去了！二位有什么事，请留下话！"

亚明不屑地"嗯"了一声，推开了他，就"嘭"的一声推开了门，冲进了厢房。

当差的吓得大叫一声："有情况！区长！"

一个30来岁的瘦削男人正斜卧在床上抽大烟，边上有个年轻的女子在侍候。

当差的叫喊使他那本来就没血色的脸立时煞白了，他丢下烟枪，欠起身子，惊慌地望着站在面前的两个陌生人，哆嗦着："你们……"年轻女人吓得两腿一软，滑坐到地上，抱头哭了起来。

为了达到此行的目的，亚明率先抱拳，微笑着走近床前："李区长，你别惊慌，我们是新四军，对你没有恶意，只是想和你谈谈。"

姓李的脸上这才有了点人色。眼睛仍然惊恐地盯着他们的腰间，担心他们拔出家伙。

亚明再次对他笑笑说："你放心，我们不会动你的！"

姓李的缓缓坐直身子，对还在哭的女人吼了起来："嚎什么！给我滚出去！"

待那女人走了，他指指床前的椅子，对他们说："请坐！"他仍坐在床上，"二位有何见教？"

亚明开门见山地对他说："我们找你，没有别的事，就是告诉你，我们要到你这儿来和你们共同开展抗日救亡活动，只要你不给我们添麻烦，你还当你的区长！我们知道你和江浦县伪军有来往，伪警察局长是你的表哥。"

这时外面突然响起了鼎沸的人声。亚明警觉地站起，拉下脸责问道："外面在搞什么？你想算计我们！"

姓李的连声分辩道："不，不，我不知道外面的情况！可能是大刀会，他们发起疯来什么人都要杀的。我上次带人去收租，差一点被他们砍掉，区公所的兵向他们开枪都阻止不了，告诉你们，从水田里跑，大刀会不能下水。"

亚明向赵文丢了个眼色，就和他飞跑着出了区长的宅邸。

嚆，大刀会！旗帜招展，人头攒动，扎着红头巾，喝了朱砂酒，人人都被酒性烧红着脸，怪叫着迎着他们走来了。

亚明和大刀会打过多次交道，有些地区的这种组织，是为了维护本地治安，但大多数被反动势力利用了。他曾说服过几个村的大刀会，使他们加入抗日武装里来。他对大刀会的堂规也略知一点，见着他们的队伍，千万不能跑，一跑他们就认作是死心塌地和他们为敌的人，会紧追不放。

亚明边走边喊话："杀了我俩没什么，我们新四军有千千万，是杀不绝的，你们有妻儿老小,是跑不掉的!新四军不会饶了你们,我们当兵的早死迟死都是死!……"

亚明回过头,"老赵,你也喊呀!"

赵文张张嘴,却喊不出声。

亚明继续大声喊:"乡亲们,不要听信坏人的唆使!新四军是人民的军队,抗日的队伍,我们和你们是兄弟!不要让坏人把你们当枪使了!……"他反反复复地喊。

突然,大刀会的队伍不前进了,有人在大路上下起神来。那下神的人喃喃地说:"新四军是真神,真神下凡,不能得罪!不能啊……"

喊话起了作用,他们大多是农民,与新四军没有根本矛盾。又害怕新四军对他们进行报复,只得借"神"的口来搪塞鼓动他们与新四军为敌的人。

"老王,我真佩服你的聪明!"赵文在返回的路上,拍着亚明的肩膀称赞着他,"今天好险啊!"

亚明却转过了话题:"老赵,这大刀会在地方上的势力很大,我们何不把他们争取过来呀?顽固派失去了他们的支持,就在这里站不稳了,他们就是依仗着大刀会呢!鬼子伪军都怕他们,过去这一带大刀会和鬼子干过,鬼子下来抢粮,大刀会从四面八方涌来把鬼子砍了好几个!"

赵文赞同他的看法:"你的想法很好,我们到县委去汇报,听听上级的意见,看看如何行动为好!"

县委支持他们的设想,并指示亚明打进新甸庙的大刀会总堂,把他们从国民党的手里争取过来。

亚明运用他的聪明才智加入了大刀会，取得了堂主的信任，当上了秘书长，国民党的区长失去了可以利用的势力，夹着尾巴逃走了，日伪也龟缩在据点里不敢下来作恶了。小小根据地内迎来了第一个丰收年。

国民党驻古河镇的二支队出动全部人马又来找他们的麻烦了。亚明和赵文商量对策，根据敌我力量的对比情况，他们决定运用毛主席的游击战术，保存自己，开展活动，他们暂时从河北撤到河南，但又不让顽固派在河北站住脚，他们不时到河北开展活动，动员老百姓坚壁清野。

一天，他和张云弄了条小渔船，渡河去北岸。秋阳缓缓地向山那边走去，河面暮霭朦胧。他们配合默契，无声地划着桨，可他们心里却一点不朦胧，也许这是最后一次渡河到北岸，有去无回。但他们谁也没有说出口来。

他们把小船靠在有几蓬榨刺的岸边，就径直往保长家去。

他们明白，保长表面是谁也不得罪的两面派，哪个来就为哪个干事，可骨子里是倾向国民党的，他有一个堂侄在二支队里当排长。他见了亚明他们，还像过去一样："王队长，有什么吩咐？"

"你去召集人到大祠堂内开村民大会，动员坚壁清野。"亚明和颜悦色地对他说，"开完会，我们在你家吃晚饭，我喜欢鸡蛋油炒饭。今晚上我们不走，在你家睡。二支队晚上不敢动，你放心，保管没有事。"

"好的，好的！"保长满口应着，"睡我儿子的床，他的床干净些。"

"张乡长喜欢打呼，我们分开睡。"

亚明这是缓兵之计，他知道，保长在去通知村民开会时，也会派人去向二支队报信的。

开完会，保长陪着他俩来到自己家。亚明说："我们想洗个热水澡。"

"好好好……"保长热情地应着，他马上叫婆娘烧水。

亚明刚刚落座，又站了起来，对保长说："外面凉快，我们到槐树下吃饭。"

保长就陪着他们往槐树那边走。

张云不解地拿眼睛看他，不知他要干什么。

他边走边同保长说："我们的工作得到了你的大力支持，我们很感谢你，待这次'扫荡'过去后，我们还要请你到乡里办点事。"亚明边说边把他引向河边。

他把保长带至村口，似乎想起一件非常重要的事那样，掉转话头对他说："我们还有事，就要回去，不能到你家吃嫂子炒的鸡蛋饭了！"说着就向张云挥了下手，速向大河埂上走去，接着飞奔向埂边的榨刺丛中。

"这？"保长惊愕地愣住了。

他们就在这瞬息扑入河里，丛生的枸杞刺划破了他们的手和脸。

他们刚刚跳进水里，就听到有急促的脚步声奔来，河岸上有人在大声地喝问："人呢？快把住桥口，别让人给跑了！"

亚明回到了南岸，张云对他说："你这家伙，事先不和我说一下你的'金蝉脱壳'计。"

亚明笑笑说："古书上早说过'兵不厌诈'，你小时候没听过说书？"

第四章 浅涉画坛

一

1944年秋天,上级通知亚明:"你锻炼得不错,旅部要组建文工队,回来吧!"

亚明和他的战友赵文依依道别后,又花好几天的工夫到各村去和群众告别,他对这块土地上的一草一木都有着深厚的情感。回旅部的路上,他思绪联翩,这些年在开辟边区工作中所经历的艰难险阻又一幕幕重现在他眼前,特别想起突围那天晚上,村上的几条狗,它们一声不吭,使他幸免于难。经过这些艰难的考验,他感到自己长大了,成熟了许多,他不再是那个只会拿画笔的小青年,他已是个能独立思想、独立处理困难的战士了,他的步子也轻快了起来。

回到旅部,文工队还未组建起来,领导把他暂时安排到新兵连担任指导员。那些新兵良莠不齐,成分复杂,混杂鸡鸣狗盗之徒,个别的还吸毒。

连长是江西老表,"皖南事变"前当过袁国平的警卫员,他整天不高兴,发脾气。亚明想,既然上级派他来到这里当指导员,他就得把新兵连的政治思想工作做好。首先要把连长的工作做好,调动起他的积极性。他了解到江西人早餐不吃稀饭,就给炊事员打招呼,叫他早晨煮稀饭时给连长捞一碗干饭。渐渐地,连长把亚明视为知己,非常支持他的工作,也不再动不动发脾气了。

亚明的第二步措施,就是到战士中作深入细致的调查,谈心。根据具体情况对新兵连进行了整顿,还给大家上文化课,教唱歌,出墙报,每天晚餐后带战士做游戏。

经过严格的训练,新兵连由原来的乌合之众改造成一支能战斗能宣传的革命队伍了。但由于供给困难,他们的生活越来越艰苦,见不到荤腥,吃不饱肚子。亚明想起当年逃难肥东时,生活无着,数九寒天下塘捉鱼摸虾度日的往事,就到处去找野塘。看好了地方,回到连里,对连长说:"你给我两排人。"

连长不知他要干什么,问他:"啥事?"

他笑着说:"改善生活。"

连长吃惊地上下打量着亚明,像是第一次见到他那样:"改善生活可不能违反纪律啊!"

亚明哈哈地笑了起来:"你想到哪里去了,我们就是再苦,也决不会去打家劫舍!我看好了一个野塘,下去探了探,有不少鱼虾,我们去搞些鱼来改善生活!"

"好！"连长笑了起来，连忙给了他两排士兵，自己也兴致勃勃地和亚明一起从老百姓家借来了水桶、脸盆、篮子，进军野塘。

他们都很年轻，有股热力，好几十名小伙子下到塘里，乱打乱轰，把塘水搅浑，浑水摸鱼，一次就搞了300来斤鱼、虾、泥鳅、黄鳝。大家高兴得不得了。较大的鱼拣出来，挑到镇上鱼行去卖了，换回些油盐；剩下的一部分给战士美餐一顿，另一部分腌制成鱼干，留到以后改善生活。

生活得到了改善，战士们精力充沛，训练的热情也更加高涨，个个摩拳擦掌，希望找机会和敌人一比高低。

这个机会很快就来了。上级通知，说鬼子要来解放区大"扫荡"，途经新兵连附近渡河，命令新兵连拖住敌人，给后方撤离争取时间。

亚明参军以来，这还是第一次要与日本鬼子真刀真枪面对面地进行战斗。他不敢轻敌，找连长和三位排长商量战斗方案。

连长说："我们连还未打过仗，但战士觉悟高，士气旺，平时训练又很严格。我们可以在战斗中夺取敌人的武器来消灭敌人。"

亚明想了想说："我们只有十几条好枪，连一架机枪都没有，子弹也有限，鬼子是大队人马，他们武器精良，形势对比很明显，敌强我弱，我们决不可与鬼子正面接触，只能采用虚虚实实的战术来迷惑敌人，尽量拖住他们行军的速度。"他捡起一块瓦片，在地上画着作战图："三个排分开行动，我和连长各带一个排，我打敌人的头，连长打敌人的尾，把好枪和子弹集中一个排，打敌人的腰，三个排不要同时打。干倒个把敌人，让敌人误以为中了埋伏。没有枪支的战士，掩藏在山石后面，挥动着各种衣裤

第四章 浅涉画坛

或彩色纸做的旗帜，放着鞭炮助威。我们熟悉地形环境，还有老百姓拥护，就是鬼子追上来，他们也逮不着打不着我们。"

上午10点多钟，鬼子果然浩浩荡荡来了。有三个当官的骑着马，走在前面，接着是伪军，后面才是鬼子。他们径直往渡口去。

不能让敌人马上过河！亚明带着一排战士，朝前头三个骑马的打了一排枪，连长则在另外山头从背后向敌人射击，接着四面响起爆竹声，仿佛埋伏了许多部队。三个骑马的鬼子军官，交头接耳地商讨了一下，就停止前进了。两三分钟后，其中一个鬼子军官挥了下指挥刀，就带着队伍插向了另一条岔路，往一个村庄去了。看样子，鬼子以为遇到了强兵抵抗，不敢轻闯，这一来我们就赢得了时间。迷魂阵成功了！

新兵连一下名声大振了。"扫荡"结束后，上级嘉奖他们半头猪和一些枪支弹药。

二

七师二十一旅的文工团筹建就绪后，亚明被调去担任艺术指导，和他的老同学江泓、庆胜一起领导文工团。对艺术怀着一腔深情的他们，团结奋斗，把文工团办得非常火红。七师的几个文工团队中，只有这个队多一种花样，那就是街头画展。亚明在开辟江、和、全边区中，深深体会到绘画的作用，因而一有机会他就充分发挥这种作用。因战争的原因，文工团没有维持多久就解散了。亚明调到师政治部宣传科。他利用一切可以利用的材料，到河头、河边去写生作画，经常在报刊上发表作品。

有一天，政治部杨主任派通讯员来找亚明。平时，常有首长找亚明画地图，他以为杨主任也是叫他去画地图。他兴冲冲地走进杨主任的办公室，喊了声"报告"，举手向坐在办公桌后的杨主任敬了个礼，说："我来了！"

杨主任指指边上一条凳子，说："坐！"

亚明发现他不像往日那么热情，抬眼向他脸上望了下，乖乖！一脸的阴云，一丝笑容都没有，不像叫他干什么事的样子，他的心不由一个咯噔。主任接着就目前文具得来不易及节约问题对亚明进行了一番教育，最后说："你已画得很好，不必要天天再去画那些毫无意义的东西，浪费纸张。"

亚明立刻明白了，肯定有人背地里打了歪曲事实的小报告。他恨这种背地里打小报告的人，心里很恼火。但他了解，杨主任是江西来的老红军，没有多少文化，还不了解文艺工作的特性，他没有直接回答关于浪费的问题，而是说："杨主任，你说，政治部警卫连的同志，谁不会枪上肩、枪下肩、向左转、向右转、跑步走？为啥还要每天起来训练这个呢？这不也是浪费时间和力气？"

"不，这是每天都得训练的！"回答得很干脆，"要想熟练掌握军事技术，就得坚持锻炼！"

亚明说："我画画也要锻炼哪！平时不练好本领，怎么能搞好宣传工作呢？"

杨主任的脸上浮起了笑容，说："对对对，你说得对，画画和练兵一样,也要锻炼!好!"他在工作手册上撕下一页纸,给总务科写了张条子,递给亚明说:"叫他们发给你十张白报纸,你好好锻炼,用完了我再批给你!"

亚明接过条子,高兴得两脚一并:"谢谢首长!"向杨主任敬了个举手礼。

八年全面抗战终于打败了日本鬼子。在举国还在欢庆胜利的时候,国民党反动派竟悍然挑起内战,国共两党的合作破裂了。新四军奉命战略大转移,七师北撤山东。

老天不作美,连日大雨,遍地洪水,淹没了田地和道路,国民党军队紧追在后面,七师北撤的路线还要穿过蒋管区,形势非常紧急。无月之夜,巢湖一片汪洋,人们在紧张地北渡。

《大江报》的记者王杰,当时正在七师采访,回不去了,就和政治部宣传科一道北撤,在进入蒋管区时,他正打着摆子,身体非常虚弱,不能行走。亚明请示科长。

科长不高兴地说:"不要问我,我管不了!"

亚明恳求道:"科长,我们怎么能不管呢!他是为工作到我们这里来的,现在他病了,我们有责任带着他一道转移……"

科长不耐烦地打断了亚明:"现在是非常时期,谁也管不了谁!从现在起,你们不要叫我科长,我们各自……"

亚明顿时冒火了,大声嚷了起来:"你还算是革命者吗?你还有没有点革命人道主义！平时你说得多好听，讲得多正确！你算人……"

科长走了。他换上便服，从身后看去，真不像是革命干部，像个小商人。

亚明非常难过，这是他第一次感受到自己队伍里也有这种领导！他决不能丢下自己的同志，就去请示杨主任。杨主任叫亚明去想办法，一定要把记者招呼好，千万不能丢下。

亚明得到了上级的指示，就去村子里找群众。可老百姓知道新四军北撤，害怕国民党还乡团回来，都逃走了，没有办法，亚明就自己背着王杰北撤。

北撤的路上，14岁的文工队员郑建民（后为北京电影制片厂导演）走不动，常常掉队，亚明每走一段就放下王杰，转回头去接小郑，给他背行李，就这样，他硬是驮着王杰，带着郑建民过了蒋管区。后来那个科长见着他还说风凉话："亚明了不起呀，英雄！模范！"他也只笑笑而已。

三

到达山东枣庄后，政治部为了保留艺术人才，把亚明分配到大江剧团美术股任副股长，与股长吴云一起创办《刀与笔》杂志。这个杂志只出了两期，亚明又被调到第三野战军政治部华东画报社任随军记者兼编辑。这时的亚明已很有些名气了，解放区发行钞票、邮票都找他设计版面。

华东画报社驻在临沂农村，在那里，亚明结识了一位看牛老汉。

老汉在山坡下有间茅屋，成了亚明的世外桃源，他晚上去和老汉通脚，白天老汉出去放牛，他就在那里编报、画画、看书。开饭时，他给老汉带两个馒头，老汉放牛回来，总带给他一袋野果子，山楂、酸枣什么的，老人不爱说话，这是他表达感情的一种方式。在那间茅屋里，亚明经常给老牛倌画像，一张又一张地画。他一心想为几千年来受苦受难的农民画像，为勤劳朴实的农民画像。

战略反攻开始了。我军打下了潍县（今潍坊市）。潍县是历史文化名城，郑板桥曾在这里当过知县，有很多读书人。在潍县，亚明首次接触到大量的传统绘画。军管会里集中了大量的中国卷轴画。领导找到他说："亚明，你是上面来的画家，你去处理吧！把有文物价值的剔出来上交。"

可那时的亚明，对中国画还一无所知，他根本不了解何为文物价值。他只好去请当地的行家来帮助他。一位曾在青岛编过小报的谭先生和另一位懂行的长者倒挺乐意帮他，还给他带来了大收藏家陈介祺的后人和一位出身书香世家的郭姓老人。亚明通过和他们一道工作，学到了中国画的一些粗浅常识。

出乎亚明的意料，不少党政军的领导对中国画很感兴趣，他们常常来看画，并指示他："亚明，这里有不少宝贝哟！你要认真对待啊！"他们还和几位老者大谈郑板桥、王觉斯（王铎），对清代官僚郑板桥及明末变节的王觉斯的书画艺术津津乐道，将之评为上品，爱不释手。那时的亚明，还是西法的崇尚者，尽管他对西法也还是一知半解，但经几位老者一宣讲，他对中国画也开始产生了兴趣。元代朱德润的一幅山水和清代任伯年的一幅写意人物，曾给他留下了深刻的印象。

后来，他带着好奇心去到陈介祺家。陈家人并不珍惜祖上辛苦收藏的文物，散乱地弃置院中。他在陈家首次见到了大量青铜器图纹和铭文拓片，以及大量出土陶、铜器皿，他还不能认识它们的价值，以为是一堆垃圾，只是对拓片有点兴趣。陈家后人在他临走时，赠他宋拓秦李斯《峄山碑》拓片一幅，他一直带在身边。

前方激烈的战争吸引着他，他觉得蹲在后方看不到战争激烈的场面很遗憾，吵着要到前方去采访。领导拗不过他，就让他去了。

来到前方的一个团部，团长也不同意他到战斗前沿去。他说："这是上级的规定，记者到前方只能到团部！"不发给他去前线的特别通行证。

亚明跟他软磨，说："不让我去前线，看不到两军相战的场面，我怎么能拍得到激烈战争场面的照片！不亲身经受战争的炮火，我怎么画得出我们战士的英雄形象？我怎么画得出感情？"

团长仍然说："不行，你是组织上介绍到我们团采访的，我要负责你的安全，你知道吗？我们每天都有很多战士牺牲！"

亚明仍然不愿留在团里，大声抗争着："我也是战士！我不怕牺牲！"可他又怕弄僵了，又和颜悦色地说服团长，"你看这样好不好，你是团长，你到哪里，哪里就是团部，你上前线，我跟着去，不还是只到了团部吗？"

团长笑着摇摇头说："大记者，我算服了你！"

亚明去了前沿阵地，清楚地看到两军激战的场景。他一心只想着拍下这些珍贵的镜头，冲到最前面，"咔嚓咔嚓"地连连摁着快门。突然，一排枪弹射来，他的大衣被打了个洞。他用手一摸，手上都是血。挂彩了？可又没有痛感。回头一看，身后的三个同志都倒下了，他连忙将照相机放进大衣口袋，弯腰抱起距他最近的一个同志，撕下半截袖子，为他包扎了手臂上的伤口。那个战士向亚明做手势，指指身后的人说："快去背他们！我自己行。"

亚明跑过去，一个已停止呼吸了，另一个大腿血流如注。亚明慌忙撕下半截裤腿，为流血的伤员包扎伤口，把他背到后面。

这一次，亚明拍到了许多珍贵的资料照片，有些照片还得了奖，可他一想到它们是战友的鲜血换来的，心里就很不是滋味，同时在心中泛起一种庄严肃穆感。革命是实实在在的流血，实实在在的牺牲，鲜红的战旗是烈士的鲜血染红的！他真正体味了奉献、牺牲的含义。烈士的鲜血滋润着他长长的人生！影响着他未来的道路！

后来，亚明一直任随军记者兼编辑，在战争的熔炉里长期经受磨炼，创作发表了大量的反映部队生活和军爱民、民拥军的作品：《三大纪律、八项注意》《送子参军，望子成龙》《担架队》《送军粮》《做军鞋》《咱们队伍来了》《盘查哨》《控诉》《血衣》《分浮财》《丈量土地》《分田》《帮助群众秋收》《春耕》《会师陇海路》《孟良崮大捷》《军民鱼水情》《送郎参军》等。

四

1948年，亚明调往华中军区政治部主编《战士画报》。政治部驻苏北泰州附近。

深冬时节，他们接了一个通知，上海有批进步文艺青年，要经过他们这里北上，要他们做好接待工作。

政治部把这个任务交给了文艺科亚明，并指示："要像接待亲人一样热情。"听说客人们那天傍黑要到，亚明带人早早出发去迎接。太阳刚刚偏西，北风吹奏着回春前的奏曲，柔柔地从经霜历雪的原野上嬉戏而过。蛰虫开始感到了大地的暖气，树木也接到了春的讯息，生命的苞芽开始蠕动。气温虽然还很低，可亚明和他的战友们却一点不感到冷，头上额上蒸腾着袅袅热气。他们已迎出十多里了，走在前面的同志突然回头喊了他一声："老亚，你看！"

一支穿得花花绿绿的奇怪队伍正迎着他们走来，一个身材高大的青年男子穿着国民党空军军官服装走在最前面，后面男的长衫、西服，女的大衣、旗袍，高跟鞋在高低不平的土路上扭扭歪歪，显得疲劳而狼狈。亚明想解放区里不太见到这种穿着，恐怕就是他们所要迎接的人。

这时，从那群人后面走出一个老乡模样的人，小跑着赶到队伍的前头，扬起手高声向他们招呼着："喂，同志，你们是军区政治部派来的吧？"

亚明认出了这个人是八圩港附近村子的地下交通员，多次护送过投奔革命而来的青年。他高声回应着，率先大步迎上去，伸出双手说："欢迎

1947年，亚明（左二）与战友在沂蒙山。

童子十五投军旅,青春三十转画风。
驰骋画坛呼风雨,壮游山河得真功。

你们！"

战士们热情地夺过客人们的行李背在肩上。

老交通首先介绍那位高个男青年："这是朱金楼同志，画家，领队！"

亚明听说面前这个人是画家，心里不由涌起一股亲近感，他已从领导那里知道这批青年中各类人才都有，搞音乐的、舞蹈的、戏曲的、编剧的、美术的，没想到他第一个欢迎的人就是他的同行，他紧紧握着朱金楼的手说："欢迎！欢迎！"复又打量着他的衣着笑了起来，"老朱，你这身衣着可吓了我一跳，还以为来了空降兵呢！"大家哄然大笑起来。

一个内着珠光色软缎旗袍，外套黑呢大衣的姑娘走上来说："若不是朱大哥这身衣服，我们还过不了封锁线呢！在江阴上小船时，国民党兵端着枪上船来搜查，要检查那只装乐谱的箱子，就是朱大哥这身衣服把他们吓唬住了！"

"哈哈！"亚明欢快地笑了起来，他又紧握着朱金楼的手说，"原来这是你们使的障眼法。"他自我介绍道，"我叫亚明，也画点画，现在主编《战士画报》，算是同行吧！这下我可有老师拜了！"

"不敢当！不敢当！"朱金楼连忙摇着手说，"我的功力很不够，还要向你学习呢！"

"你就别谦虚了！"亚明大咧咧地拍着他的肩。

"真的，我的确画得不怎么样，这些年，我在办乐舞学院，这次跟我来的，都是我的教员！"说着他就向亚明一个个介绍他们，最后他才介绍刚才那个说话的姑娘，"她叫鲍如莲，在我们学院教民间舞，戴爱莲的高徒！"

亚明那时还不知戴爱莲是何许人，但他很会联想，那一定是个很有名的舞蹈家。刚才这位姑娘就引起了他的注意，听了朱金楼的介绍，他走到她的面前，伸出手说："欢迎你，舞蹈家！"

她的脸倏地飞起红云，慌忙把手藏在身后，转身跑到女伴们中间去了，亚明的手一下收不回来了，他感到非常尴尬。若不是朱金楼这时伸手携起他的手说："天不早了，我们快赶路吧！"他真有些下不了台。

亚明让客人们走在前边，他和朱金楼走在最后，但心里浮动着面子被抹的一种说不出来的滋味。他的目光不由自主地寻找她的背影，渐渐地，他发现那苗条的形体，那潇洒优美的走路姿态，在他的心中唤起了一种美的感受，刚才的不快也一下烟消云散了。他想进一步了解她，拉了下朱金楼的手说："那位小鲍同志挺有个性的啊！"

朱金楼点点头说："她幼年丧母，可她很小就显示了舞蹈才华，她父亲想把她培养成舞蹈家，在她幼年时就送她进了育才学校的舞蹈训练班。抗战初期，她随继母和父亲去到大后方重庆，继续在育才舞蹈学校学习，拜在从英国回来的著名舞蹈家戴爱莲门下，继续深造。"他有意同前边队伍拉开一段距离，继续介绍着她，"戴爱莲第一次见到她就称赞她的体形，'哗，你是天生的舞蹈人才！'戴爱莲非常重视她，每次演出，都选她和自己同台。"他放低声示意亚明注意鲍如莲，"你看我们从美术家的角度来看，她的腿细长细长，腰线很高，四肢轻捷灵活，脚的弹力很好。她在我们乐舞院，编排过好几个民族舞蹈，很受欢迎！"

亚明平静的心湖，仿佛投下了一片烂漫山花的倒影，美在浮动，漾起圈圈涟漪。这个姑娘本身就是艺术，浑身都是魅力，他望了一眼就不敢再向那里看了。他不知说什么好，突然，嘴里跳出一句话："你喜欢她？"

朱金楼微微一笑，说："她是一个非常好的姑娘，美是人人向往的，当然！"

朱金楼一行受到热情的欢迎和接待。他们被安排住在比较宽敞干净的农民家里，亚明及战士们一放下行囊，就烧好了滚热的水，请客人们烫脚，又做好了热腾腾的饭菜，送到他们的住处。政治部领导和亚明一起，把饭菜盛好亲自端到他们的手上，他们感到就像回到了家里一样舒心、温暖。为欢迎他们的到来，政治部又委托亚明举办联欢晚会。第二天一早，亚明就去找朱金楼洽商此事，他开门见山，说明来意后，说："老朱，你可以让同志们把所有的绝招都拿出来，让我们都开开眼界啊！"

朱金楼一口应承说："一定！"

晚会就在农家的堂屋中举办，条件简陋，可气氛非常热烈，政治部的首长和乡亲们挤在一起，偌大的堂屋除了中间留一块空地演出节目外，挤得水泄不通。亚明还弄来了一盏汽灯悬挂在堂中，更增气氛。他们演出了丰富多彩的节目，唱《黄河大合唱》《锄头歌》《解放区的天》，演秧歌剧《兄妹开荒》和舞蹈。突然，亚明的眼睛一亮，鲍如莲！她装扮成一个苗族姑娘从人群中旋进了刚刚空出来的"舞台"，观众中立即爆发起春雷般的掌声。她跳得那么自如、洒脱，洋溢出苗族姑娘的青春魅力，一举手一投足都是一幅生动的画。亚明情不由己地从口袋中取出随身携带的速写本，铅笔也仿佛突然注入了魔力，飞一般舞动起来，优美的舞姿立时出现在他的速写本上,他如醉如痴般地画着,一幅两幅三幅……心底喃喃地自语道:"美,真美!真美!……"若不是又一阵热烈的掌声和伴随而起的"鲍同志!再来一个"的震天价响的欢呼声震醒了他,他的笔还不知何时才会解除"魔力"呢!

他曾有过一次初恋……

鲁南战役打响后,他准备只身前去采访。

"老亚,我跟你一道去?"一个在报社担任文字编辑,同志们都叫她"假小子"的姑娘自告奋勇道。

亚明吃了一惊,她才十七八岁呀!便连声说:"不成,不成!前方炮火连天,不是你女孩子去的地方,你还是老老实实待在后方吧!"

"老封建!看不起我们女同志!""假小子"对他吼了起来。随即她就转身找主任去了。不一会儿,她满脸欢悦地又站到了他面前,带着胜利者的得意神情对他说:"你带我我去,你不带我我也去!主任批准了!"主任也来招呼亚明:"'假小子'要求去前线经受锻炼,这很好嘛,你是老同志又是男同志,带带她吧!"

亚明没办法,只好带着"假小子"出发了。

这正是五月天气,第一天就遇上了瓢泼大雨。"假小子"跟着他在泥泞和风雨中行走,泥水湿透了他们的衣衫,她没有装熊,他有些暗自服她了,这小女孩还真有股子坚强劲呢!他们在前沿阵地转了好几天,目睹了战争的激烈和残酷。她写了几篇文章和通讯,他拍了照片,画了速写,准备带回去整理刊印在报上。回程时,又遇发大水,一片汪洋。他们七转八转,想绕过水找个村庄,直到天完全黑下来也未找到,最后摸黑寻找,终于找到一个破草棚子。这是农民看庄稼的棚子,依堤坡而建,里面支着两块板。"假小子"就像到家一样,急不可待地放下背包,抱腿坐在一块板上。见亚明迟疑地站在门外,便说:"老亚,你还傻站在棚外做什么!"她拍拍另一块木板,"快进来,我们就在这里休息一夜,实在走不动了!"

他也很累,也想即刻有个地方歇歇肿胀沉重的脚。可这荒郊野外,和一个姑娘家住在一个破草棚子里,他认为不合适,他连忙说:"你就在这里休息吧,我再往前找找看。"他还没有来得及抬步,她已跳到他的面前了,大声地指责道:"老亚,你还满脑子都是封建主义!"没等他反应过来,她就从他身上抢下了背包,扔到了棚里的木板上,又回身将他往棚里一搡,说:"特殊的战争环境,还男女授受不亲吗?"

不知怎么回事,他的心情突然紧张起来。为了掩饰,他从内衣口袋掏出烟叶子,摸黑从采访手册上撕下一张纸头,卷了支烟,默默地吸着。

渐渐地,他的心情平静下来,他觉得不能这样冷漠一个姑娘,便接过姑娘打蚊子时"蚊子这下开荤了"的话题说:"现在若有一碗红烧肉就好了!"突然,他赤裸的脚背又被叮了一口,就开玩笑说:"这些蚊子大概也和我们一样熬得苦了!"

她"咯咯"地笑了起来,说:"老亚,你好像很懂得蚊子的心理,你懂不懂这天,它为什么老跟我们过不去,一个劲地下雨?"她没等他回答,又继续说,"我有种感觉,它是在哭,这雨就是它的泪水,它在为我们苦难深重的百姓哭泣呢。"

"这是小女孩儿的幻想，天下雨是自然现象，与战争并没有内在联系，别胡思乱想了，小资产阶级情调。"他以老大哥的口气教训着她。

她朗声笑了起来："老亚，你这么一本正经干什么？你不觉得这夜色很美吗？我们说点有趣的事不更好吗？"于是，她就说起了她儿时的故事。

她很会讲故事，很平常的小事，从她嘴里说出来妙趣横生，还不时引得他捧腹大笑。这是多么美的一幅油画啊！浓厚的夜色笼住了水，笼住了长堤，长堤上有座小草棚，小动物们围着它在举行热烈的联欢晚会，暗红色的烟头似流萤一般在棚中飞飞停停，一个女孩子以优美的语调在叙说儿时的故事……他敏感的心醉了，他也讲起自己的身世和孩提时代的逸闻趣事。他们坐得那样近，能彼此听到呼吸声，她忽而捧腹大笑，忽而为他的不幸身世发出深长的叹息，他还未讲完，她又急不可待地打断了他："老亚，我第一次见到你时，以为你是远道来支援我们革命的外国人呢！"

"哈哈……"他笑痛了肚子，"你这小姑娘，总爱奇想，怎么可以怀疑我不是炎黄子孙呢？"

"你那眼睛、眉毛和皮肤呀！"她很率直，"你知道吗？我早就注意你了，你就一点没觉察到吗？"

他那刚刚平静的心又被扰乱了，慌乱地跳了起来，心里涌起从未有过的一种惶惑和欢乐。他已模糊地意识到他喜欢她，她也喜欢他，但这是很危险的。因为那时部队规定恋爱结婚须具备"二五八团"的条件，即须是年龄25岁以上、参加革命8年的团级干部。并且他听说"假小子"已被

第四章 浅涉画坛

一个科长看上了。因此他装着没听懂姑娘的话,反问道:"你说什么?"

"你呀,别装聋作哑了!"她噘起嘴以撒娇的口气喷他,"我知道,你听人家瞎说我和那个人的事了,我不喜欢他,他是组织介绍的!"她拉住他的一只手,望着他,眼睛像宝石样闪闪发光,"我只喜欢你,你喜欢我吗?"

他的胸中像有千面鼓在疯狂地擂打,手也微微地哆嗦了,他攥紧了她的手……

"老亚,"朱金楼在他的肩上重重地拍了一下,"下一个节目该你的了!"

他如梦方醒一般,慌忙收起速写本,放进口袋中,站起来,走到"舞台"中央,说:"我的节目是讲个革命故事。话说呀……"

他的故事赢得了暴风雨般的掌声。他趁离开舞台的瞬间,用目光搜寻鲍如莲的反应,只见她正使劲给他鼓掌,笑得那么迷人!那种说不出的快活像冲上海滩的海浪,顷刻间浸满了他的心头,他狂喜得满脸飞红。

联欢晚会结束后,政治部领导叫住了他:"亚明同志,你来一下。"

他跟着领导去了政治部的办公室。还未坐下,领导就说话了:"给你一个重要任务,部里早就想成立一个文工团,你去做做他们的工作,动员他们留下来!革命在哪里还不都一样。我们很快就要打过长江去了!你们都是文艺人,好说话!"

亚明一阵狂喜,如果他们愿意留下来参加文工团,他与所倾慕的姑娘就能天天见面,这该有多好!他不假思索就两脚一并:"首长放心,我一定完成任务!"

鲍如莲洗衣回来，从朱金楼住的那家门前经过，听到朱金楼的喊声："小鲍，你来一下！"

19岁的鲍如莲，正值如花的年华，充满着青春的活力，活泼得像只快活的小鸟，夹着只搪瓷面盆，轻捷地落到了他的门外。她发现亚明坐在里面，迟疑地站在门外不动了。

"进来呀！"朱金楼伸出手把她拉进了屋，"老亚你又不是不认识！"

亚明的心情不由得又紧张了，但他不得不微笑着站了起来，让出凳子，说："请坐！"

她没有坐，只望了他一眼，就腼腆地低下了头，依到窗边站着。

"老亚正在同我协商，华中军区政治部筹建文工团，很需要文艺人才，想要我们留下来……"

"留下？"她吃惊地掠了亚明一眼，又盯着朱金楼的眼睛。太出乎意料了，她想不通，心里感到很委屈，眼圈也红了。为了不让眼泪淌出来，她一手捂脸，一手抱着面盆逃也似的走了。

"鲍如莲同志，我能进来吗？"亚明站在她的门外。

没有回答，门却从里面拉开了。

房间很暗，只有从纸糊的窗口和洞开的门外投进的一些亮光。她请他坐在窗口边的小凳上，她坐在铺沿上。朱金楼和大多数同志都已同意留下组建文工团，她也只得认了，但她的思想还是没有转过弯来，政治部领导指示，要他一定要做好她的思想工作，这样才能真正发挥积极性。他没有单刀直入说明来意，而是从跟她攀乡谊拉开谈话的序幕："小鲍，你还不知道吧？我们是同乡呢！"

乡情，对于很小就飘零在外的她来说，犹似一块石头掷向了平静的湖面，立即泛起了涟漪，她的情绪倏地变了，惊喜地望着他，像一个妹妹望着兄长一般问："你家在哪里？"

"合肥呀！"他用合肥话回答着她。

"我家在滁县（今滁州市），离合肥很近吧？"

他说："很近。"

乡音仿佛一泓碧水，一下就冲净了她对他要留下他们而生出的芥蒂，她温柔地问："你去过滁县吗？"

他点点头，又情不由己地看着她问："你想不想家？"

她低着头笑，没有回答。

他又自言自语起来："我已和家里断了十年音讯，我可想家了。"

"啊！十年？"她吃惊地抬起了头，望着他。

他点点头，像讲故事一般向她叙说着他童年的故事。

他的故事深深地打动着她，她两手托着下巴，全神贯注，好像在倾听一支柔和的乐曲，一管带着淡淡的忧愁和苍凉的悲箫那般，她跟随着他一起回顾童年和少年……

"亚明！"《战士画报》的老耿未进屋就大声地喊他，"你在吗？"

亚明应着："什么事？"他没有准备起身去迎他的朋友。

她已站了起来，迎到门口说："老耿，请进来呀！"

老耿对她微微一笑："不啦，我还有任务。"就转向亚明，"杨主任问你任务完成得怎样？"

亚明点点头说："知道了，没问题。"

老耿转身走了，他仍然胸有成竹地坐着，闭口不说晚上要召开文工团成立大会的事，而是招呼她："你不是还要听我讲革命故事吗？我接着给你讲。"

她又如醉如痴了。

他给她讲了他化名王有才去开辟边区的故事，讲了他在新兵连和接受日军投降、北撤中的趣闻，还讲了他到前线采访的所见所闻，他说到后来，有些哽咽了。

她的心中也升起一种壮烈的情感，这种情感润物细无声般改变着她小布尔乔亚式的情感，革命是实实在在的流血，付出牺牲，鲜红的战旗是革命者的鲜血染红的！她望着他，是敬？是爱？是依恋？她却分不清，她那艺术家激越的情涛在晶亮的眸子里流淌……

他没有把故事再说下去，而是站了起来说："小鲍，下次再接着给你讲吧！今晚文工团就要召开成立大会，你能在大会上发个言吗？"

她没有半点犹豫，就连连点头。

他俩成了好朋友，夕阳中芳草萋萋的河岸，露水濡湿的田埂，他俩经常一起散步。一天，晚饭后，他俩又不约而同到了小河边的柳树下："老亚，你再给我讲个你的故事！"

他笑了笑，说："哪有那么多故事讲呢？"

"不，你有得讲，你受降那段怎么一句就带过了？讲具体些不好吗？"她撒起娇了。

第四章 浅涉画坛

"好好，我讲！"

"日本宣布投降后，我们这个地区的鬼子都集中在芜湖对江的江堤上等待着投降。我和一个战友小蔡，带着关防大印渡水去受降，虽然已宣布投降，但他们的武器仍然在手里，此去是很危险的，我们年少气盛，生死早置之度外，可鬼子不让我们受降，说他们的武器要交给国民党，只有国民党发给他们遣返证，他们才能回去。我们怎么说，他们也不干。但我非常想弄到几支枪。见他们一个个饿得东倒西歪，江堤上的草皮都让他们吃掉了，就动员老百姓拿粮食去换他们手里的枪、子弹、刺刀等武器。一个15岁的小鬼子饿得受不住，用一支王八盒子手枪换了几个鸡蛋吃，被当官的打得死去活来，鬼哭狼嚎。我这人心软，看他还是个孩子，被军国主义征到中国来，他的母亲肯定在家天天烧香拜佛，求他平安归去，我动员把枪还给他，让他保一条命回去。"

他的故事，总能吸引她，哪怕并不惊险，她的目光偷偷地落到了他那只要看上一眼就能记住的眉眼上。

他感觉到了，鼓起勇气大胆地望着她的眼睛，她的脸羞赧得立时漫起红去，低下了头，小声说："我第一次看到你，还以为你是外国人呢！"

他笑了起来，说："曾经有个姑娘也这样说过。"

她的心房不由得颤抖了一下，她那深邃的大眼睛流射出一缕说不清的东西，嫉妒、困惑、忧虑……她情不由己地反诘了句："一个姑娘？"

"嗯，"他点了下头，遂说起了他和"假小子"的初恋。

她的心紧缩了，微微哆嗦，一种失落的惆怅立即袭击着她，她低下了头，把目光投向远方。

　　他们继续沿着河堤散步，他欣赏着堤上紫色、淡黄色、粉红色的无名小花，突然，他望着不远处的一丛野蔷薇，正在怒放，那花非常簇密，放眼望去，犹似一朵巨型的白菊，在黄昏的光影中，显得格外醒目、雅洁、晶莹，他向它跑过去，她却懒洋洋地没有兴致。他这才发现她情绪在变化，不解地问："小鲍，你怎么啦？"

　　她毫无表情地摇摇头："没什么！"

　　"你怎么突然不说话了？"

　　"我不是一直在听你说话吗？"她淡淡一笑，"你怎么不说下去？你的那一位呢？"

　　"嗬……"他悟过来了，笑了起来，"她跟那位科长走了。"

　　她惊诧地停住了步子："为什么？"

　　"没缘分呗！"他不想说她了。

　　"不，"她噘起了嘴，"你一定有什么想瞒我，你说！你说！"

　　"好，我说。"亚明自嘲地笑了笑，"这是一场误会引起的。你还记得吗？我跟你说过，有次去前方采访，我们一同四个人，一死、二伤，我的大衣打了个洞，溅了一身的血！"

　　她点点头，"怎么？"

　　"后方就传说我被打死了，我从投降的鬼子那里换来的木炭铅笔和留着的图画纸都让同志们分了，两个月后我回去，她已调走了。"

　　她悄悄地握住了他的手。

第五章　　纵论丹青

一

大军渡江后，亚明和鲍如莲都留在无锡的苏南军区。鲍如莲在军区文工团，亚明负责军管会文艺处的工作。他在收编戏班和剧团的过程中，接触到很多文化人。

在苏北时，他就发现，许多老百姓的家中挂有用毛笔画的中堂、四条屏，门上也常见贴有年画。他最早在部队接触的都是不中不西的画，在潍县时首次认识中国画，并初知我国民族艺术有几千年历史，世代为人民喜爱。过了江，进了大城市，他又在无锡的许多文化人家中看到挂有这种画。这些画的内容虽说没有鲜明的政治含义，可画上的山水、花、鸟、虫、鱼很好看，给人一种美感。他萌生了举办中国画展览的念头，想亲身了解一下各阶层人的反应。

他把他的想法同一些老先生们说了，立即得到了他们的积极响应和热情支持。特别是一些有成就的老画家们，他们给他出主意，当参谋，提供信息：谁谁家有好画！谁的画谁出面可以借到！他们为他到处借画，到处张扬："新政府要办画展了，你们有好画都拿出来吧！""好消息，共产党重视文化工作！要开画展！"要办画展的消息在无锡市民中传递着，掀起了小小的兴奋浪潮。他借到了很多画，荣毅仁的父亲荣德生老先生非常高兴，将家藏名画也拿了出来。

画展的筹备终于就绪。1951年春节，画展在无锡公园桐根亭开幕了。大年初一这天，无锡公园热闹非凡，来看画展的人很多，展品琳琅满目，人物、山水、花鸟，美不胜收，特别是那张丈二的《关公像》，惟妙惟肖，吸引了很多人。有些人流连忘返，为一次看到这么多画喜不自胜。画展期间，亚明没有离开过展厅，日夜守在那里，他仔细观察观众的年龄层次和不同阶层观众的表情。到晚上，他就阅读意见簿，观众几乎是众口一词地赞扬这次画展办得好，说这是为无锡人民办了件好事，使大家过了个有意义的快活的春节。

正月初三，一群学生模样的人簇拥着一位老者走进了桐根亭的展厅。老人有些清瘦，但神采奕奕，他仔细地观赏每一幅画，边看边评说，看了整整两个小时。他看完了最后一幅画，仍不离开展厅，极目巡视展厅。当发现身后跟着一个穿军装的青年，就微笑着走到他的面前，抱起双拳说："我猜你就是亚明同志！"

亚明连忙回答说："我是亚明，请问您老是……"

"在下吕凤子。"

亚明早听人说过苏南文化教育学院有位老画家叫吕凤子，说他15岁就中了秀才，被誉为"江南才子"，一生致力于美术教育事业，擅长人物、山水、花鸟，精于线描人物，特别是画罗汉；还听人说，五四运动之际，他正在北京女子高等师范学校任教授，因反对当局迫害女学生，在校务会议上愤而退席，辞职返回江苏，并作《古松图》题诗："发奋一画松，挥笔当舞剑"，表达了内心的愤慨；面对国家的危亡，他常借陆游、辛弃疾词句题画，"一生爱写稼轩词"。

亚明惊喜地举手向他敬了个军礼说："您老就是吕先生，我久闻大名，早想去拜访，听听您对开展文化工作的高见。本打算忙过了画展就去，没想到今天就见到了先生，真是太高兴了！"

"亚明同志，我也听同道们说过您，没想到你如此年轻！"他拉住亚明的手，以欣喜的目光打量着他，"真乃英雄出少年哪！共产党里出人才。你能想到要举办一个中国画展览，有卓见！有卓见！"

"吕先生，我过去从未接触过中国画，只是在山东潍县解放时见到一些。我的启蒙老师是学西洋画的，革命战争年月，一切以革命需要为目标，画画宣传画，搞搞木刻，我不知道中国画为何物。办这个画展，我也是想看看人民喜不喜欢它。"亚明说到这儿已很激动了，"三天的展出，给了我一个强烈的印象，人民喜欢中国画！人民喜欢的绘画形式，应该继承发展！"

"好！说得好！"吕凤子满脸生辉，"亚明同志，我欢迎你上我们学院来玩！"

"我一定去！"他紧紧地握住吕先生的手，把老人送出展厅，"今天认识您，真高兴！"

"我也一样，只恨相见晚了点！"吕先生遂把自己的住址详细地告诉了亚明，"我等你啊！"

几天后，亚明带着他过去的作品和刚刚在香港发表的木刻画《春耕》《丈量田亩》及一些写生画稿去看望吕凤子。

寒假还未结束，校园里很寂静。亚明受到吕先生的热情欢迎。吕先生把他让进自己的画室，叫家人沏上好茶，两人相对而坐。

亚明拿出他的作品，呈到吕凤子面前说："吕先生，请您批评指正！"

吕凤子双手接过来，一幅幅仔细地端详着，这些画反映了不同阶段革命的不同内容，像《打过长江去，解放全中国》《斗地主、分浮财》《借物必还》及一些田园风景、人物写生等。看着这些内容崭新的画，吕凤子感到说不出的兴奋，禁不住赞道："你的作品，给我迎面吹来了一股清新的风。好！好！"

"吕先生，您太客气了，我之所以拿来，是为了请教，我没有条件受正规的专业教育！"亚明遂把自己的身世、在革命队伍里追求艺术的经历，毫不隐瞒地告诉了吕先生，最后他说："我想得到您的帮助。"

吕凤子受了深深的感动。他是清末出生的人，自幼酷爱艺术，不仅习过中国画、工艺美术，也习过西洋画。他曾在辛亥革命的影响下，慨然捐献家产创办了丹阳正则女学，抗战时期又在重庆璧山创办正则蜀校，胜利后又把正则艺专迁回家乡丹阳。他办校尊师如宾，爱生似子，出于朴素的爱国主义热情和正直良心，多次邀请进步人士陶行知、刘季平来校作学术报告，还冒险掩护进步师生把学校作为秘密集合地点。在四川时，被国民党视为危险分子的民主战士黄齐生老先生受到他的欢迎，被聘为正则艺专文史教授。吕凤子是一个正直的知识分子，在旧社会，他走的是一条艰难曲折的道路；解放后，他被聘为苏南文化教育学院的教授。但他是从旧社会过来的，对共产党和解放军还缺乏了解；面前的这位人民解放军军官，是如此的坦诚，如此地尊重他这个在旧社会生活了60余个春秋的老知识分子，他看着亚明，眼里不由漫起了一层热雾。他激动地站了起来，拿出了几经战乱保存下来的自己的作品，放到画案上，请亚明看，向亚明叙述这些作品产生的时代背景。他指着《华山松》和《庐山松》说："1927年，我应聘任南京国立中央大学艺术系国画组教授，那个时期我画了不少山水画，这两幅我一直藏着。"他又指着《庐山云》说："这幅作于1929年，曾被选送到法国参加世界博览会，被评为中国画一等奖。"

亚明虽然不懂中国画，可他被画面上雄浑的水墨特写、烟云压山的壮观景象吸引了，被那海浪翻滚般的云海震慑了，他看呆了。

"你看这张《嘉陵填词图》，它曾引起过轰动，我因此被聘为大学院画学研究员，成为我国第一个画学研究员。"

画上是用笔工细的历史人物，非常传神。亚明被那些潇洒的线条感动得发痴了，他痴痴地望着，感受着一种说不出的美感。

他还看到了吕凤子的《四阿罗汉》和《十六罗汉》。

罗汉题材的作品，最能显示出吕凤子线描写意人物画的精湛造诣，笔力雄健，构形简练，传神生动，再加上感情的渗透，达到了浑然一气，令人忘情。这是亚明第一次见识到毛笔线条给人以如此美感，也是第一次感受到中国画的如此魅力，他沉醉在美的享受中。

"亚明同志，"吕凤子放下自己的作品，又拿起亚明的画，"你虽然没有受过正规艺术教育，可你的作品颇有扎实的素描基本功，戎马生涯中能打下如此基础，实属不易哟！"他说得那样诚恳，"我们系正缺创作教授，不知你可愿意来兼课？"

亚明以为自己的耳朵出了毛病，他惊诧地望着吕凤子："先生说什么？让我来兼课？我可是从未进过大学门槛的呀！"

"是的！请你来兼课！我和系主任蒋仁先生去院长那里推荐你。学历不是衡量一个人水平的唯一标准，你完全可以教授创作课。"

亚明接受了苏南文化教育学院的聘请，每周去那里上课，他和吕凤子的接触更多了，了解也更深了。这期间，他又结识了周怀民、秦古柳、诸健秋、吴荣康、钱松嵒等诸多国画家。他虽然是共产党的官员，可他非常尊重潜心于艺术的老知识分子，和他们平等相待，得到了他们的信赖。他们出了好作品，拿去给他看，得到了好画，也请他去共同品赏。他对中国画的艺术传统有了些认识，常常被陶醉、折服，同时也开始认识自己，深感自己作品的粗糙，并暗下决心，要向老艺术家们学习，成为他们真正的朋友。无锡市成立文艺工作者联合会时，他被推选为美协主席。他被无锡的画家们视为知己。

二

1952年，中国画坛上发生过一场"要不要中国画"的论战。亚明那时在主编《苏南农民画报》，论战发端于华东美协成立大会期间。依照会议通知要求，每个与会画家带去两幅画，参加六省一市的观摩画展。

画家们都带去了自己的得意之作。亚明带去的是两幅以"土改"内容为题材的绘画。展品琳琅满目，除了油画、素描、木刻、水彩、漫画，还有许多国画家画的中国画。

开幕式的当天下午举行座谈会，有人在发言中批评老画家，说他们的作品不是为工农大众服务，而是封建主义的。这些人提出要"消灭中国画"，这个口号得到了会议的组织者、主持者、华东美协的负责人江丰等众多同志的支持，形成了一言堂的压倒威势。座谈会几乎成了讨伐中国画的声讨会。老国画家们一个个噤若寒蝉，不敢出声。

亚明越听越觉得不对味，他认为会议的主旨错了，就站了起来。"我发言！"他大声地说，"我不赞成前面几位同志发言的观点！要消灭中国画的想法是错误的！我不同意把中国画说成是封建阶级腐朽的东西，今天展出的油画、水彩作品中，不也有风景静物吗？……"

他的话刚刚开了个头，就被会议的主持者打断了："亚明同志，你是从解放区来的，你也是学画的，你有没有想过你说这种话的立场？我们的革命目的，就是要荡除一切封建主义的糟粕，你的屁股坐在哪里？"

亚明年轻气盛，又动了感情，他毫不畏惧地打断了主持者的话，说：

"我的立场站在人民大众一边！人民大众喜欢中国画，只要是人民喜欢的艺术形式，我认为，我们就没有理由取消它！要取消人民大众喜欢的艺术，就是错误的！也无法消灭它！我……"

顷刻间，亚明成了众矢之的，他被指责为"思想立场出了问题"！

亚明坚决反驳说："我再次申述我的观点，要取消中国画的论点是错误的！我也不赞成颓废的东西，但对待中国画这种形式，可以改造利用，更好地为人民服务。要让这枝有着深厚中国文化传统的艺术之花在我们社会主义的文艺园地中也占有一席之地！"他抱着人民大众喜欢这个法宝不放，反复阐述他的看法。"凡是老百姓喜欢的艺术，就应该得到继承和发展，"他越说越激昂，"老百姓喜欢中国画，就不应该取消它。"

全场哗然，议论纷纷。有人说："亚明从小在革命队伍里长大，多年接受党的教育，没想到进城没几天，就堕落到封建余孽的故纸堆里去了！"有人说："他给封建遗老的糖衣炮弹击中了"，"他过去画的作品都是革命内容，速写木刻都不错，没想到一进城就大变样！"……

亚明无形中成了老画家们的靠山和代言人。他们内心对亚明为中国画的生存仗义执言满怀着感激，可他们不敢站出来支持亚明，唯有坐在亚明邻座的一位山东籍漫画作者任君，趁人不注意时向亚明伸了伸大拇指以示敬佩。

亚明被一种孤独感困扰着。晚饭后，同室的画家上街去了，亚明点上一支烟，靠在床上，渐渐地，他眼前仿佛又出现了无锡公园画展时潮涌的人流。想起在潍县时，有几位党的高层领导人对他说的话："千万要保管好这批文物""这里有不少宝呀！"他因孤立而惆怅的情绪又突然变得亢奋起来。老百姓为什么喜欢中国画？这于他还是个谜，他对中国画还所知无多，但决不能消灭它，这一点应是肯定无疑的！为了中国画的继承和发展，他愿意竭尽全力说服美协的领导人，不能武断地对待老百姓喜欢的艺术！那会摧折这枝开了几千年的艺术奇葩！他决定去找江丰谈谈。

他从床上坐了起来，在烟灰缸中揉灭了烟头。

"亚明同志在吗？"

在他站起的瞬间，有人推开了虚掩的门，走进来了。

"啊！是您！江丰同志。"亚明不禁惊喜地叫了起来，迎上前去，"我正准备去找你谈谈呢！这么巧！"

"好啊！"江丰握住他的手，和他一同坐到床沿上，不等亚明说话，他就直率地说："亚明同志，今天会上你表现得很不好，很不像一个从小在革命队伍里长大的人说的话！影响很坏哟！"

亚明从他手里挣出来，毫不相让地说："江丰同志，你这是偏见！我只认一个理，中国画有着悠久的历史，人民喜欢它，我们党内也有不少领导喜爱它，我们可以利用改造它，赋予它新的内容，但我们决不能轻易全盘否定它！"他讲述了1951年春节在无锡举办中国画画展的盛况，"这就说明了中国画在人民大众中的位置和影响。"

江丰摇摇头说："同志，你了解那些观众的成分？你能确认他们都是工农大众？我看不一定！你分析过没有，他们为什么喜欢？说不定是对失去的东西的怀念吧？"他拍拍亚明的肩膀，站了起来，"你还太年轻！革命是复杂的,同志啊,可要警惕哟!我看过你的一些木刻作品,还有解放后反映'土改'的一些作品,都很好,及时配合党的中心工作。《苏南农民画报》办得也不错。连环画《三亩地、一条命》画得很好嘛!"

"那是用线描勾勒画的。"

江丰又摇摇头,走出门去。

"不,不!"亚明激动地追了上去,站到他面前,生怕他跑了似的说,"江丰同志,你这是主观武断!我虽然现在还说不清老百姓为什么喜欢中国画,但我一定能弄清的!我坚持我的见解!"

散会后,亚明回到无锡,他开始读书,为中国画的生存辩论准备武器弹药。他不仅读了马列的有关论著,进一步掌握了中国画的一些知识,还重点领会了列宁对处理波兰文物的批示,然后就去了杭州。

他在小旅馆中住下。他的一个曾经在苏南文化教育学院学习,此时正在中央美术学院华东分院(今中国美院)深造的学生来看他,见面就对他说:"亚老师,你一下火车,学校里就知道了,说有个狠人到了杭州。"

亚明笑着问:"你们江院长在家吗?"

"在呀!"

"他的人品很好!"亚明说,"我很敬仰他,他是工人出身的革命艺术家,是党的文艺界领导,很早就加入了上海进步的美术团体,以文艺形式展开革命活动,对同志真诚热心,一心为革命文艺事业忘我工作,不争名夺利,原则性强。只是他的艺术观太偏激了,这对艺术事业不利。"

他来到中央美术学院华东分院,江丰热情地握住他的手说:"欢迎你来我们学校看看。"

亚明早就知悉，这所美院是原西湖艺专，它的基础很不错，在那里任教的，有不少是知名的画家，山水大师黄宾虹先生和以山水花鸟著称的潘天寿先生就在那里任教。亚明此次来，一是想和江丰继续进行要不要中国画的辩论，二是想看看江丰在实际工作中是如何对待老画家和中国画的。他在去见江丰之前，先去会见了战友朱金楼，看了他的画，又去拜会了几位老画家。老国画家们，实际上一律靠了边，见了他心里不是滋味。当他们听说他是来和江丰辩论的，一个个都不作声了，有的怏怏回避了。有的劝他："你要当心啊！可别因此遭难哪！"还有的劝他回无锡去，放弃论战。

亚明没有回去，他对江丰说："我想看看你们的中国画系。"

江丰笑了起来："亚明同志，我很欣赏你的顽强精神。只是我觉得，你的思想立场有问题，我们取消了中国画系，开设了个彩墨画系，以科学的方法进行教学，学生必须以素描作基础，要学透视学和色彩学。"

亚明惊讶地叫了起来："江丰同志，你这不过是用中国画工具学西洋画呀！"他激动得睁大了眼睛，"中国画有着悠久的历史，流传了几千年，在艺术的历史长河中创造过极其光辉的业绩，是中华民族引以为荣的瑰宝，也是我们中华民族的骄傲，你怎么可以真的把中国画取消了呢！你，你……"

江丰一点不动气，他微笑地看着亚明说："亚明同志，别激动嘛！我还没有彻底取消它，是正在改造它。你不也讲过可以改造利用它么？我带你去看看由中国画系变过来的彩墨画系好吗？它是我们用西画改造中国画的一个试验，你看看就会服了。"

亚明虽然感到困惑，不可理解，但他还是跟在江丰的后面。

到了彩墨画系。画室里，亚明果然没有看到一个国画教授。只有一位年轻的教师，拿着毛笔在画素描人体，边上围着一群学生。江丰悄声介绍说："他是学西画的，素描基本功很好，我派他来改造中国画。"

亚明悄悄地走过去，伸头一看，人体的比例、色彩的明暗关系还不错。他很纳闷，这不仍然是中国画吗？他们退到走道上，亚明已忍不住了，说："江丰同志，用毛笔来画水墨画，也是中国画呀！你为何要叫它彩墨画系呢？中国人用中国的毛笔、中国的颜料画的画，就应该叫中国画！"

江丰严肃起来："你知道不知道，中国画很落后，不能为党为社会主义服务！特别不可能为配合当前政治服务！比如说，在大游行时用毛笔画幅毛主席像，一场雨就淋掉了，油画就不怕淋！国画能画个晚上打灯笼的人么？明暗怎么解决？人的比例、透视又怎么解决？中国画不科学！又很单调！有什么意思，单线平涂！根本没有质感，群众场面也无法处理，人物情绪很难表现嘛！"

亚明已不激动了，他已有本钱来驳倒他，他说："我们到你的办公室去，坐下来，慢慢讨论吧！"

在江丰的办公室，亚明抓住江丰说中国画是单线平涂进行辩驳："中国画讲意念，讲线本身的感觉，线不单，涂不平，涂色叫随类赋彩，线讲温若恒，讲韵律，讲毛笔本身产生的力度感，它是人的美感基因的体现，是塑造。它和书法是不可分的，画即是书，书即是画。我且不讲书法的悠久历史，我只说我们党和国家领袖也非常尊重书法，他们写信、撰文批文为什么不用钢笔，而要用毛笔呢？"

江丰说："钢笔写不大嘛！"

"不对，"亚明坚决地说，"毛笔能创造一种美感，能显示一种力度！它是我们中华民族光辉遗产的一个组成部分，用毛笔作的画同样有生命力！主席主张新诗，可他作的诗都是传统诗的形式，又以书艺写诗，我看不也很好吗？"

江丰被他一唬，不作声了。

可亚明并不就此罢休，他从口袋里拿出记事本，翻到列宁对处理波兰文物的指示，一字不漏地念起来，又念了列宁一些关于文化工作的批示，以及中国人民解放军过江后，周恩来总理有关保护宁波天一阁藏书和江南寺庙的指示……

上海会议，杭州之行，亚明和沪杭两地有成就的老画家结成好友，并被他们视为知己。

吕凤子更加钦佩亚明的正直为人，十分感激他为国画伸张正义，特意将自己喜欢的一支毛笔送给他，并在笔管上刻上了女词人管仲姬的话，还送他一把乾隆年间绘有中国人物画线描的白瓷茶壶。

亚明领悟了吕先生赠笔蕴含的深意，这是一个正直的知识分子对一个共产党人的信赖，也是对他的鼓励和希望。

这场争论，亚明胜利了。

第六章　回归传统

一

1952年,亚明和鲍如莲在无锡结婚。苏北、苏南与南京行政区合并成立江苏省时,他们夫妇也从部队转业到南京工作。鲍如莲在省歌舞团舞蹈队任队长,亚明参加筹建省文联,分管美协,兼抓美术工作室、美术陈列室的党政工作。1955年6月,他作为中国艺术家的代表,参加中苏友好代表团,赴苏联访问考察。画家组的负责人是中央美术学院党委书记朱丹,同行画家有北京的杨伯达、邹雅,上海的韩尚义。他们都是第一次出国,都没见过大世面,处处感到新鲜。

画家组带去的礼物是齐白石的木版水印画。主人非常重视这些礼物,要把它们陈列出来,让苏联广大人民也能了解中国绘画艺术,要求中国画家给他们讲讲中国画。

朱丹作难了,代表团的画家都不是中国画画家,他对中国画也知之甚少，又不能拒绝主人的善意要求，更不能让他们知道中国画家的代表不懂中国画。他急得不知如何是好。突然，他想起了一年前上海那场关于中国画的论战，想起江丰说过亚明去杭州找他辩论的事，压在他心上的重力突然间变轻了。他去到亚明的房间，把主人的要求跟他说了一遍，又说："老亚，听说你在南方弄过这东西，跟老画家们有过接触，你代表我们去给他们介绍介绍吧。"于是，为了和江丰论战而学的中国画的理论知识这时派上了大用场。

之后，朱丹又来找亚明了："老亚，苏联国家广播电台要我们写篇介绍中国绘画的文章，你写一下吧。"

在访问期间的一系列座谈、拜访活动中，朱丹都把亚明推到前面，使他成了中国画家的中心人物了。

代表团在苏联历时53天，考察了十几个城市。亚明利用休息时间，千方百计找机会去参观考察，他常常随身带点面包，整天盘桓在艺术馆、博物馆、美术馆里，看到很多欧洲文艺复兴时期绘画大师的原作和俄罗斯优秀画家的作品。西班牙的委拉斯贵支，意大利的拉斐尔、安吉利科，佛兰德斯画派的鲁本斯和俄罗斯的画家列宾、苏里科夫、谢罗夫、列维坦、艾瓦佐夫斯基等人的杰作给他留下了难忘的印象，使他对西画和俄罗斯民族的光辉艺术有了较深的认识。最使他难忘的是在列宁格勒（即圣彼得堡）。

他们是晚上到列宁格勒的。第二天早上，团里宣布：大家休息一天，自由活动。事先亚明从苏联同行那里了解到列宁格勒的一些著名博物馆和它们的主要藏品，早就心往神迷了。他缠住陪同他们访问的苏联画家，要画家给他做向导，带他去参观冬、夏两宫。

彼得宫是彼得大帝的夏宫，坐落在距列宁格勒29公里的芬兰湾南岸的森林中，内有巴洛克式宫殿，各式各样的喷泉、水渠、池塘、亭子、雕塑等，十分美丽精巧，有"俄罗斯凡尔赛"之美誉。

亚明随向导乘车到海湾，又乘船从运河来到大宫殿。上岸后，展现在亚明面前的是幽深的园林、华美的建筑。苏联同行介绍说："这是被称为大瀑布的著名喷泉群，饰有37座金色塑像、150个小雕像、29座浮雕、64个喷泉和两座梯形瀑布。每一座塑像都有名字，都蕴含着一个美丽的故事。这是金字塔喷泉，这是伞喷泉，这是海主泉，这是夏娃，这是亚当……"

亚明看着那些和喷泉辉映在一起的栩栩如生的雕像，禁不住感叹唏嘘。但是不一会儿他便迫不及待地问向导："听说这儿藏了很多名画，在哪儿？"此话道出了他来夏宫的目的。

向导终于带着他来到位于下花园的西角、由彼得大帝亲自设计的珍奇阁。由这里的平台可以远眺大海，室内陈列着彼得大帝搜集的170多幅绘画作品。

亚明逐一细细观赏。苏联同行给他解说："这是俄国第一座画廊，所藏作品大多出自西班牙画家之手"，"这是委拉斯贵支的"，"这是里贝拉的"，"这是牟利罗晚年的作品"，"那是著名的宫廷画家戈雅的"……

亚明最早与艺术结缘是从学西画开始的，可他对于西画的历史源头、流派等几乎一无所知，这些欧洲绘画大师的姓氏，今天他还是第一次听到，

1953年，亚明（右二）在苏联与格拉西莫夫一起观看中国画。

20世纪50年代始,亚明先生全面负责江苏省美术工作。
图为60年代初,亚明先生(中)在接待来访外宾。

也是第一次看到他们的原作,他激动得连连搓手。当夜,他失眠了!

离开列宁格勒的前一天,他终于找到了一个休息的机会,参观了设在冬宫里的艾尔米塔什博物馆。当他随着参观人流走进那装饰豪华的宫殿的时候,他被它的瑰丽、奢华震撼了。而冬宫最强烈吸引他的还是它收藏的丰富的艺术品,叶卡捷琳娜二世创造的"隐宫",现今的"奇珍楼"里收藏着这位俄国女皇专门从德国购进的200余幅名画。

他在画廊中参观,忘了时间的流逝,忘了身在何处,也忘了饥饿,他只隐隐地觉得,他化作一粒微尘,淹没在文艺复兴时期大师们用色彩、线条创造的壮阔海洋中了,他只感到自己是那么渺小,那么微不足道……

直到闭馆铃声急剧地响了起来,他才从美的魔力中挣脱出来。

这次出访苏联,使他看到了西洋绘画的一个缩影,开阔了他的视野,给了他新的启迪,也使他对中国画有了更新的认识。他认为,中国的绘画艺术,从一开始就走了一条与西方绘画艺术迥然不同的道路,形成了独特的中国气派和东方风格。虽然东西方艺术有相通之处,但一个民族的艺术之所以具有永久不衰的生命力,是因为它不断地发展、继承和创新。艺术如果离开了自己民族的土壤,就无法开出绚丽的花朵。他开始重新审视自己的艺术道路。他想,油画传到中国的历史不长,又受到时间、材料、器械等限制,自己如果继续搞油画,花再大力气也只能跟在人家后面跑,没有多大意思,但是画中国画的画家50岁起步而成大气候的却屡见不鲜,自己不到30岁,重新开始还不晚。经过慎重考虑,他决心放弃西画而改学中国画,走自己民族的绘画艺术之路。

访苏归来，亚明出了他的第一本画集《访苏速写》，以此作为他学西画历程的句号。

二

他改习中国画并非盲目的冲动，而是对自己生活的环境、学画条件等都做过周密分析之后才下定决心的。

江苏历来是人文荟萃之地。以绘画来说，从东晋的顾恺之，五代的董源，元明的吴门画派、华亭画派、虞山画派，到清代的金陵八家、扬州八怪、京江画派，无不得到世人推崇。一部中国绘画史，离开了江苏，就显得暗淡无光。而当代的江苏又有很多有成就的画家。这块土地有着深厚的传统绘画艺术基础，这正是亚明攻习中国画的优越条件。

这个条件给了他力量和信心。他边做美协的领导工作，边向中国画进攻。他坚持一学二向，广交朋友，以小学生的虔诚态度学画。他很快结识了著名书画家和文物鉴赏家、南京大学图书馆馆长胡小石，著名学者、南京博物院院长曾昭燏（曾国藩后人）；研究戏曲的学者吴白匋；文学家陈瘦竹、范烟桥、周瘦鹃；南京师范学院教授、著名画家傅抱石、陈之佛；书法家、史学家高二适等。在他们那里，亚明受益匪浅。

然而，建立在中华民族美学基础上，经过几千年无数人智慧凝结出的中国绘画艺术，是融美学、哲学、文学于一炉的，诗、书、画、印，缺一不可，需要画家具备中国文化的总体修养。亚明冷静地自我剖析：自己的文学、历史、哲学等修养对于从事国画艺术还显得远远不够，需要在攻习国画技巧的同时，全面提高自己的文化修养。他暗暗下决心：哪怕千难万险，也不气馁。他坚定地向着目标走下去！

平时，他除了刻苦地临摹古代名家作品并试着自己创作之外，还系统地研读有关中国绘画艺术的起源、发生发展、变迁过程的书籍和古文诗词。像顾恺之的《论画》《魏晋胜流画赞》《画云台山记》。顾恺之有关中国画的"迁想妙得"和"以形写神"的经验给了他奇妙的启迪。

他读了南朝齐谢赫的《古画品录》。他读这部中国古代绘画艺术的系统理论专著，其认真的态度，确实是"颇学阴何苦用心"了！他从中明悟了绘画"明劝诫、著升沉，千载寂寥，披图可鉴"的社会功能，对"气韵生动、骨法用笔、应物象形、随类赋彩、经营位置、传移模写"的这一人物画创作"六法论"，也逐渐有了较深的领会。

他读了南朝陈姚最的《续画品》，这使他对谢赫论及三国吴至南朝齐的二十几位画家的优劣评价又有了新的认识。他还读了近、当代的绘画论著，包括黄宾虹的《古画微》、俞剑华的《中国绘画史》、王伯敏的《中国绘画通史》、潘天寿的《中国绘画史》。

五天前，他在博物馆观看藏画，一眼就喜欢上了《步辇图》，不仅欣赏它的构图、色彩，更加叹服画面上14个人物栩栩如生的情态，连眉眼胡须都透溢出各自的个性。它虽属后人的摹本，但不失为古代绘画的精品。他虽很想开口把它借回家去摹写下来，可博物馆的馆藏制度是不准外借的，他怎好为难他的忘年友曾昭燏？他反反复复地观看了一个下午，想把人物和色彩背下来。

说来也巧，如莲这天率队到外地演出去了，晚上他想画到什么时候就可以画到什么时候。吃过晚饭，他就伏到画案上，试着把下午看到的《步辇图》背画下来。他凭着记忆画出其中一个人物，可又觉得这个人物不似记忆中的那个了。他扔掉重画，不像，再画。他不停地画，不断地扔，满地都是废弃的画稿，仍然未得到一个满意的人物。那晚，他画到天亮，伏在桌上打了个盹儿，用凉水冲把脸，就出门上班去了。中午他又放弃休息，一鼓作气画了好几张，不觉过了三点钟，他匆忙放下笔，骑上车，向博物馆飞驰而去。

他接连几天在博物馆默记那张画，然后晚上在家里一个人物一个人物地背画下来。昨晚他按照原画的构图把他们汇集在一个画面上了。

他的心情很激动，很想立即拿到博物馆去与原作做个比较，又希望有人来与他共同欣赏历经几个不眠之夜而摹下的画卷，和他共同来分享这份收获的喜悦。可时针才指到凌晨四点，离天亮还有近两个小时，如莲还没回来，即使她在家，他也不好把她从睡梦中叫醒！

自从他发疯似的攻习中国画以来，他就把家务全部推给了如莲。她的演出任务繁重，一天几场，还要下农村、到工厂，十分辛苦。一次，她去外地演出，很多天后回到家里，揭开锅没有米，端起油壶没有油，起炉子没有煤。而他仍然没事人似的安坐在灯下，潜心在色彩和翰墨的世界里。这时，她冒火了，一句话不说，"啪"地一声把他的灯关了，窝着一肚子气，躺到床上。

他只无可奈何地摇下头，做个苦笑，拉亮灯，复又坐到画案边，又沉入到他的世界里去了。

如莲躺了一会儿，堵在心里的气没处发泄，一骨碌跳下床，奔进画室，又"啪"地一声把灯拉灭了。

亚明画兴正浓之时，突然间被关掉了灯，打断了思路，气得霍地跳了起来，大声责问着她："你干什么？"

"干什么？你自己应该知道！"

"我在工作，你不要干扰我好不好！"

"啊？"如莲气得直哆嗦，"我干扰了你了？我就不干工作？我就应该侍候你？这个家你还要不要？……"

仿佛一盆冷水当头浇了下来，泼灭了他腾起的怒火，他气馁了，她生他的气是有理由的。这个家，若没有她，就不成其为家了。舞蹈工作那么劳累，家里又有那么多的事等着她，还要照顾多病的岳母。他不仅没有帮她一把，也没给她一些心理上的安慰。带着一缕愧疚他走近她，拥住了她的肩背，小声地说："好如莲，别生我的气……"燃烧在如莲心里的怒火，就这样无声地被温馨的细浪拍灭了！

那晚，亚明虽然躺在床上，心却仍然留在他的画稿上，待如莲发出了轻微的鼾声，他又轻轻掀开被子，溜下床，蹑手蹑脚潜出卧室，又畅游到艺术的江河湖海之中去了。

如莲一觉醒来，发现身边没了人，不用猜，她也能断定他去了哪里。

她长长地叹了口气，无可奈何地苦苦一笑。没有办法，她敌不过他的事业，绘画已成了他生命的一部分，只好随他去吧！

可他那张越来越削瘦的脸又顽强地出现在她眼前，她的心不由阵阵作疼，她不能任他这么没日没夜地干，人的精力是有限的！她不由自主地跳下了床，扑进了画室，充满柔情地说："老亚，我不反对你画画，从来没有这样的想法，但我不赞成你每天从鬼叫搞到鸡叫，这样继续下去，任何人也吃不消的，倘若累垮了，那就什么也不能干了！要恢复元气，那就很难了。"柔情里又掺着乞求，"毛主席说，身体是革命的本钱，你不听我的，也该听毛主席的吧？我求你了，上床休息会儿吧，天就要亮了！"

"好好好，我听你的！"他连声应着，可身子仍然未动，视线还在画上，笔还在不停地移动，"别冻着了，睡去吧，我就睡！"

如莲无可奈何地退了出去。

只要如莲在家，她就不让他熬通宵，总要来干涉。他有时甚至希望她们歌舞团到外地演出，因为那样他就彻底自由了。这回她去了上海，一周中，他完全生活在自由中。今儿四点，他几经失败背记下来的《步辇图》完成了，他把它用图钉钉到墙上，远观近赏了半天。日光灯"嘶嘶"地吐着白雾般的光辉，给墙上的画笼上一缕朦胧月色的效果，产生出一种特别的魅力，画上的人物仿佛一个个活动起来，他们友善地对他笑着，踩着一种熟悉的音乐旋律，跳起了一种优美的舞蹈……

两张《步辇图》放在一起。一样的古旧色彩，一样的构图，一样的人物，一样的神韵。除了一幅是早就装裱过的外，难以分辨。

曾昭燏戴上眼镜，仔细地观看着比较着。这位学识渊博的老学者此时心里翻滚着激动的波涛，她爱才、惜才、敬才，思才如渴，看着亚明的进步，一反往常的严肃，兴奋地连连称赞："亚明，你真是聪颖过人，凭借着记忆摹得这样好，几乎乱真了！"她停了一会儿又突然问，"胡老看过没有？"

"没有。"亚明受到称赞，激动中又掺着羞涩，脸立时红了。

"他知道你摹《步辇图》么？"

"不知道。"

"好，"她转身出了办公室，不一会儿又转了回来，说，"我派人请他去了，说得了两张一模一样的唐画，请他来鉴定下真赝。他很快就会到的。"

不一会儿，胡小石教授便到了。

胡老不仅对中国画的理解鉴赏富有独到的见地，也是盛名卓著的书画家，又有一身正气。蒋介石50岁生日，要他写张字，他不肯。张道藩到他家去，带点威胁地说："胡老，你住在南京呀！"那意思是说，你就住在蒋介石鼻子底下。胡老却冷冷一笑回答说："我一把年纪，死都死得了。"坚决不写。可他对亚明这个求艺的年轻人，极为热情，总是有求必应。不时给他开列必读的书单，为他解疑释惑。又把他的那些学识卓异的朋友介绍给他，亚明常常参加他们的雅聚。俗谚道："听君一席话，胜读十年书。"在和他们的交往中，亚明学到了很多书本上学不到的知识。

可他们都是些阅尽人间沧桑的老人，无不有独特的个性，很难接近，要叩开他们的心扉很不容易。他以诚心和虚心换得了他们的信任。傅抱石先生作画一般是不让人看的，可他破例让亚明看，并且还边画边给亚明讲授技法。高二适的书艺功底深厚，曾是民国行政院院长孙科的秘书，个性很怪，他除了崇尚他的本师章士钊，别人他都嗤之以鼻，既清高又孤傲，总拒人于千里之外。有人仰慕他的书艺，上门去看他，他就大声呵斥人家："我不也是人！横眼直鼻子，有什么好看？去去去！"一点情面不给，把人轰出门。亚明第一次去见他，已有了思想准备，不管他如何不礼貌，他也不走，他相信以真诚能换得真诚。

他见到高二适，半句客套话不说，而是开门见山："高老，听说你的字写得好，我想请你教教我。"

高二适眯起眼睛，仔细地看着面前的年轻人，他没有发现他所厌恶的那种虚假的目光，看到的是真诚和谦逊。他把亚明让进屋里，问："现在大家都用钢笔写字，你为什么还要来学写毛笔字？"

"我正在攻习中国画，中国画离不开诗和书法！"

"哦！现在还有人要攻习中国画？"他不无新奇地再次打量着他，"年轻人，你没听说中国画在受冷落吗？识时务者为俊杰，何必往小道上走呢？"

"高老，我对中国画的前景充满了信心！"他滔滔不绝地把他对中国画的认识似演说一般说了出来，最后又说，"艺术如果离开了民族的土壤，就很难开出鲜艳的花来。我是经过深思熟虑才决定改学中国画的！"

"有见地！好！"高二适连连点头，"你先练练'二王'的帖，再把练习拿来给我看，我给你说说。"

亚明没有想到，老人这么轻易就接受了他。临出门时，高二适才问他:"喂,年轻人,你叫什么名字?在哪里工作?"

他不敢直言以告,犹恐说出来,高二适不肯再见他,便对高二适抱抱拳:"先生,我下次来再告诉您。"

他第二次去,带了一大卷写在草纸上的作业。高二适一张一张地仔细看过去最后说:"你的笔力还嫩,还得苦练,书即是画,画即是书,不练好笔,就难以画好画。"说着就在一张兼做吃饭用的小方桌上铺了张毛边纸,示范起来。

亚明早听人说,高二适是无业寓公,但他又颇清高自许,宁可饿饭,也不肯接受他人的帮助,更不愿求人,是个甘于清贫甘于寂寞的人,他很少给人写字。亚明是在和他一样穷困潦倒的另一位老先生家里见过他的一幅字的。

高二适随笔一挥,在纸上写了首诗。真乃诗书双绝,亚明惊叹不已,接着他又不由一阵难过,这样一位有才学的书家,穷得连一张写字的桌子都没有。室内烟熏尘埋,阴暗潮湿,没有一样像样物件。而自己作为江苏美术界的头头,竟然不闻不问,一股愧疚顿然涌上心头。得想办法帮助他,还不能伤了老人的自尊。他轻声地说:"您能把这张字送我吗?我拿去细细琢磨。"

高二适什么也没说,把那张字推到他面前。没再问他姓名。

亚明骑车飞也似的回到了家。回家后,饭也顾不上吃,又坐到画案边,开始画画,可他画着画着就走神了,高二适那张窄小油腻的小饭桌顽强地出现在他眼前怎么也赶不走、拂不去。他想,得帮高二适解决张大的写字台。但高二适不是美协的人,他没理由叫公家拿钱去买,他自家的经济也不宽裕,自从攻习国画以来,他的开支更大了,若想添置一样生活用品,还需要早早计划积累。忽地他忆起如莲跟他说过要买张床的事,后来他就忘了这桩事,不知她可攒足了床款。他放下笔,跑进卧室,找到了如莲经常放钱的小皮夹。真是"山重水复疑无路,柳暗花明又一村"。里面还有五十元钱,买张桌子绰绰有余。没床不要紧,睡铺板已睡了好些年,不也很好?

但他不能擅自做主,因为家里经济是如莲管的,这样的事,得与她商量。他相信自己能说服她,但又觉得有些难以开口。他心里清楚,如莲积攒这几个钱是很不容易的。是她紧缩开支,省吃俭用积攒出来的。她喜爱吃馄饨,演出回来哪怕很晚,她也舍不得在摊上叫碗馄饨作夜宵。想到这里,他情不自禁地从包里拿出两角钱,端只大搪瓷缸子,出去买了两碗馄饨回来,用条干毛巾包好,捂到被笼里。再回到画桌边,继续画画。

听到钥匙在锁孔里转动的声音,他连忙放下手里的笔,迎上去,接过如莲的提包说:"饿了吧,我给你准备了夜宵。"

如莲好生奇怪,莫不是做梦吧?她又惊又喜地望着他,过去的亚明又回来了?她高兴地应着:"太好了,我正饿呢!"

亚明放下手提包,从被笼里捧出瓷缸,放到桌上说:"还很烫呢!"从厨下拿来两只碗,舀了一碗放到桌上对如莲说:"这是你的!"又舀了大半碗递给如莲,"这个你给老太太端去。"

如莲心里热乎乎的,连忙接过碗去了。她一会儿就转回来了,亚明催她:"快趁热吃吧!"

"你呢?"

"我这有。"他说着就捧起搪瓷缸把剩下的汤水喝了下去。

如莲边吃边抬眼看他,她总觉得他今天的举动有些反常:"老亚,你有什么事要求我吧?"

亚明两手一拍,哈哈地笑了起来:"如莲,你不愧是我的好爱人,只有你如此理解我!我是有事要跟你商量。"

她停住手里的汤匙问:"什么事?"

他把他一天的所见所想全告诉她,最后他带点讨好的口气说:"你向来同情弱者,古道热肠,我想,只有我们能帮助他。"

如莲的心不由往下一沉,为想买张床,她每天从菜金里扣一角钱,省一把米,早想做条裙子一直都舍不得,刚刚积攒得差不多了,又要她拿出去支援别人,心里很舍不得。但她了解自己的丈夫,他这人爱才如命,想办的事,不达目的,不肯回头。他对她家的人也是这样,只要他能做到的,都愿帮人。虽然她自幼失母,很小就离开了家,但当他得知她的继母有病时,他硬是要她去把她接来南京治病供养,像待自己的母亲一样。她理解他,他若帮不了他认为应该帮助的人,他的心就不安宁。她叹了口气,对他淡淡一笑说:"好,床就以后买吧!"

亚明高兴得一下抱住了她,连声说:"我的好如莲!我的好如莲!"

第二天,亚明就上木器店挑了张最大的写字台,亲自送到高二适家。

说也奇怪,宁可饿肚子也不愿接受他人施舍的高二适,没有拒绝他的馈赠，他只问："你到底是什么人？为什么要帮助我？"

亚明回答说："我叫亚明，您的学生，这张桌子是一个学生送给老师的拜师礼，您不会生我的气吧？"

高二适连声应着："好！好！这个礼物太好了！我收下！我要了！"

几天后，亚明收到了高二适的一封用宣纸写的信，信中没有客套和谢辞，只讲这张桌子非常合用，坐到边上就感到一种宁静和归宿感等等。这封信亚明一直珍藏着，但后来不知被哪个有心人"捡"去了。

亚明在博物馆门口迎住了胡老，扶着他在通向陈列馆的石阶上一步一步往上攀。

那是一间古色古香兼做吃饭和会客的小屋子，墙上挂着两帧清新悦目的书条，下款：萧娴。

他隔着用作吃饭的餐桌，凝神地望着，沉浸在美的享受之中。

"亚明同志，喝茶。"主人的招呼把他从神游的境界拉回到了现实中，他问："萧娴是谁？"

"一个老太太，康有为的女弟子！"

"老太太？康有为的弟子？"亚明不无惊讶，"南京真是藏龙卧虎之地呀！她在哪里工作？"

"她没工作，在家烧饭。"

"啊！能带我去看看她吗？"

"当然行！"主人站起来了，"老太太一定很乐意有人去跟她谈书说画。"

老太太系着围裙正在炉子上炒菜，见来了客人，连忙从炉子上端下锅，放上水壶，不停地在围裙上擦着手，这与亚明想象中的书法家怎么也对不上号来。但当他们被请进她的起坐间时，亚明那不易觉察的失望之感就消散了。这是间小屋子，除了张八仙桌，还有张书案。四墙挂满了未经装裱的书画。放眼一瞥，他不由心往神迷。女人能写得如此好字，画得如此好画，不多！他紧紧拉住老太太的手说："我是官僚主义，未能早早来拜望您！"他坐到她面前，看着她那张满布人生细密印迹的脸和她那夹有银霜的短发。当他看到她那双手，他的心不由猛地紧缩起来，他怎么也无法把墙上那些流动着诗韵的书法和这双粗糙的手联系起来！他以试探的语气问："您什么时间写字？"

"午饭后有一两个钟头的空，这时我就写写。"

"您应多用些时间在这上面。以后美术界搞活动，我想请您参加，不知您可愿意？"

老太太微笑着说："这当然好，但我家里的事很多，我要帮助孩子们，他们要上班要上学。"

亚明什么都明白了。他很惋惜，她应坐在书案边，不应在厨房里。她若有个拿工资的工作，就有更多时间用来画画写字，他得为这个目标去帮助她。

自那天以后，他就开始了奔波，打报告，找领导。终于如愿以偿，老太太被聘为省文史馆馆员。只要有机会，他就不遗余力地为她做宣传，请她参加文艺活动，让书画界、文艺界了解她，让领导知道她。老太太的人生日历仿佛向回翻了十年,她精神焕发,像换了一个人似的……

"亚明,曾老太到底得到了什么宝贝呀?"胡老突然打断了他飘忽的思絮,"这么急切地把我叫来!"

亚明禁不住笑了起来:"您就能见着了,我若说了,您会转身就回呢!"

"不知你这葫芦里卖的什么药!神秘兮兮的。"

"胡老,又劳驾您了!"曾老太迎上来了。

"呃,这叫什么话!有好东西让我看,我得谢谢您常想到我呢!"

"哈哈……"大家不约而同地朗声笑了起来。

两张《步辇图》放在一起。曾昭燏和亚明站在胡老的身旁,注视着他读画的表情。胡老不停地动着嘴唇,良久之后,微微一笑以肯定的语调说:"这张是宋人的摹本,这张是今人的摹本!"

亚明偷偷地向曾老太望了一眼,会意地哈哈笑了起来。曾老太脱口而出:"胡老,您这门绝技是如何得到的!真令人叹服!"

"我虽未曾见过《步辇图》原作,但我见识过阎氏的《凌烟阁功臣图》,那也是宋人的摹本,但我可以断定,这张跟原作几可乱真。"他转向亚明临的那幅,"这张嘛!"他自信地一笑,回首看了他们一眼,"是亚明老弟所为,没错吧?"三人不约而同又笑了。亚明慨叹地说:"胡老慧眼,任何赝品也混不过啊!"

"亚明这张算不算摹本,我看还待研究一下,"曾老太认真地说,"他没敢开口向我借,只来看了几回,这是他凭借记忆画的!"

"我可没说亚明画得不好呀！"胡老抑制不住内心的喜悦拍抚了下亚明的肩背，"他临得相当不错，也许再过几十年几百年后，这张画要叫鉴赏家大费精神呢！为了亚明的刻苦和进步，今天我请客吃砂锅鱼头，上夫子庙如何？"

"好呀！"老太太朗声应着。

"要说请客，"亚明慌忙笑着说，"应该我请，不过我可不白请，胡老得给我讲讲阎氏兄弟！"

"好！我答应你。"胡老爽快地说，"我们边走边说。"

亚明经常和三两忘年友结伴上夫子庙吃点小吃，同时在那里的文物店、古旧书摊淘淘宝。他时时留意他们的谈话，不时提出他的疑问，从中增长了学问和见识。

胡老边走边跟他讲阎氏兄弟的故事和他们的艺术风格。他们在古旧书店看一张元代倪瓒的《虞山林壑图》，胡老就讲上了元代山水画的四个流派："一为钱选的青绿巧整派；二为赵孟頫的集古细润派；三为高克恭的破墨简逸派；四为孙君泽的水墨苍劲派。"他分别讲了他们的师承和影响，"元初以后，绘画思想逐渐解放，笔墨日臻简逸，又派生出黄公望、王蒙、倪瓒、吴镇四大家。他们各立门户，完成了所谓元风，达到了中国山水画的最高潮。这时期，可算山水画的盛世呢！"……

亚明像海绵一样，从老先生们那里把他们丰厚的中国文化素养一点一滴汲为己有，使自己的修养逐渐丰满起来。这天晚上，当漫漫夜雾从窗口溢进他的画室，倪瓒那张《虞山林壑图》已在他的纸上初显雏形时，突然响起了叩门声，他快快地离开画桌去开门，边走边问："谁呀？深更半夜的！"

如莲拎着行李卷站在门外。

他眯着眼愣愣地望着妻子问："你怎么这个时候回来？"竟不知伸手去接她的行李。

"这时候为什么就不能回来？"她没好气地反问着他。

他这才意识到自己的话语情绪伤了妻子的感情，连忙去夺她的背包，解释道："我是说太晚了点！"

"你不也还没睡吗？"

他们一同走进屋。日光灯下，如莲不由骇住了，她吃惊地上下打量着他问："老亚，你怎么了？生病了？"

亚明连连摇头："没、没、没呀！"他下意识地看看自己，"我这不好好的吗！"

"还好好的呢！你去照照镜子！"如莲说着就把他拉到卧室的镜子前，"你自己看看，人不像人，鬼不像鬼！我走了还不到十天，你就把自己糟蹋成这个模样！"她的眼眶红了。

他偷眼向镜子里望了一眼，自己也吓了一跳。本来就深陷的眼窝，像深井一般。颧骨高高凸起，两腮的肉像刀削了一般，白皙的皮肤也黑了许多。又加之好久没有理发修面，越发显得又黑又瘦。他不觉笑了起来："你看你，瘦几斤肉算得了什么！就值得这样？"他用手指去抹妻子眼角的泪水。

如莲偏过了头，呜咽起来："你这样不爱惜自己，身体能不垮下去吗？没有身体还能画画？"她转过身，把脸对着他，"老亚，我不反对你发奋上进，但我不同意你这样没日没夜地干！人不是机器，就是机器也得维修呀！老不睡觉怎么行？没有好身体，还谈什么事业？"她扑到他怀里，"我求你了！"

"好好好，我听你的！别哭，要吵醒老太太呢！"他两手拥抱着她，亲亲她的秀发，轻声地说："这次外出演出很累吧？"他把她扶到椅子上坐了，"你歇着，别动，我去烧点热汤给你喝喝，解解乏。"就去了厨房。

如莲望着他那消瘦的背影，心里很不是滋味，她无声地叹息着。

第七章　初温旧梦

一

　　亚明常常重复一个梦，流连在一座万紫千红的花园中，看百花竞放，彩蝶纷飞，观微风吹皱春水。

　　他自己也感到奇怪，为何老做这样的梦？莫非因夜读画史所致？纵观中国绘画的历史，源远流长，周代就有设色之工，已具备了画院的雏形。继之，画院代代相沿，到宋代，画院已发展到相当规模，设有图画院待诏、图画院祗候、翰林画史、翰林入阁供奉、图画院艺学等职位。他由之萌生一个心愿，将散居江苏各地有成就的国画家集中起来，成立个国画院，给他们一定的创作条件，江苏的中国画肯定会进入一个繁花似锦的新时期。这个向往久久萦回在他的心头。也许这就有了这么一个梦吧！

　　1956年初秋，一位北京美协的朋友路过南京来看亚明，给他带来了一个振奋人心的消息：全国政协会议上，一些民主人士提出提案，建议政府把尚存的老画家组织起来，振兴中国传统的绘画艺术。提案转给国务院，周总理当即指示：在上海和北京各成立一个中国画院，聘任健在的有成就的画家任画师。两院正在筹建中。一位很有声望的人建议调傅抱石去上海中国画院当院长。

中央重视中国画，也引起了江苏领导的重视，把建立画院放到了议事日程，征求亚明的意见，并要他作具体设想。亚明受到了很大鼓舞，党和政府肯定、重视中国画，也就证明了他几年前为中国画的生存和发展所进行的争论是正确的，他改习中国画也改对了。他的那个梦想有变成现实的可能了，何不乘风扬帆？

亚明马上拟订实施这个梦想的方案。第一步，以省人民政府的名义召开江苏境内有成就的画家的座谈会，广泛听取他们的意见。同时要求每位画家带两件作品举办个国画展览；第二步，在此基础上选拔优秀者聘为画师。省政府出面挽留住傅抱石，请他出任江苏省国画院院长。

他的建议得到文联党组、省文化局、省委宣传部领导的赞同和支持。他又去找省委、省政府领导汇报，又得到他们的赞同和支持，并指令他和傅抱石共同提出筹委会人选。

筹委会由吕凤子任主任委员，傅抱石任副主任，陈之佛、胡小石任委员，亚明代表党和政府参加筹委会具体负责。筹委会成立后，便着手在江苏境内以市为单位选拔画师。这是件复杂而麻烦的事，他为之到处奔走，耗费了许多时间和心力。

经过反复磋商、筛选，画院选拔出一批优秀画家。其中老画家有：镇江的丁士青（指画）、常州的龚铁梅（写意花鸟）、房虎卿（墨龙）、无锡的钱松嵒（山水）、苏州的余彤甫（写意山水）、张晋（工笔山水）、陈旧村（蔬果、红菱）、扬州的鲍娄先（写意花卉）、何其愚、顾伯逵、徐州的王琴舫（花鸟）、南京的傅抱石，以及湖州的费新我（人物）。中年画家有：魏紫熙（兼办公室主任）、宋文治（兼秘书）、叶矩吾（兼管资料）。傅抱石任院长，钱松嵒任副院长。亚明除了担任美协副主席、党组成员，又兼任画院副院长和画院党委的领导工作。画师们的任务是：创作优秀的作品；研究总结自己几十年积累的绘画经验；培养绘画事业的接班人。

亚明思才如渴，爱才如命。有天，他在一家旅馆开会，会议室墙上一个镜框中嵌了张狂草，书的是毛主席词《娄山关》。他的目光就像铁针碰到了磁石一般，被那犹似春蛇入草、铁笔银钩的笔力所吸附了，他的心也被书体的美震颤了。一看署名，他又茫然了，这"散耳"是谁？善书者亦善画，我怎么不知道这样一位书画圣手？他悄悄溜出会场，去找经理询问。

"那幅字是我们的工会主席弄来的，不巧他又出差去了，一个星期后才能回来。"

亚明回到会场，他的视线又被镜框吸附了。他在想，如何找到这个"散耳"：我一定能找到他！即使他不是江苏境内的人，我也要想尽办法说服他调来南京，我要为他提供生活和创作的有利条件。

散会后，他首先去找高二适，问他可知道一个叫作散耳的书画家。

高二适思索有顷才说："从前安徽有个叫散之的，具体情况不清楚，不知他们可是同一个人。"

第七章

他又去向别的书家打听,还是不得其解。他在焦急中等待了一周,就急急地又去到那家旅馆。经理告诉他:"工会主席昨晚回来了,今天他在家休息。"

亚明找到那位工会主席门上,说明了来意。他高兴地把亚明让进屋里坐下,以不无自豪的语调告诉亚明:"散耳就是林散之先生,他是黄宾虹的学生,画得一手好画,是新安画派的传人。他因耳朵不好使,就常常用散耳署名。"

"他现在哪里?"亚明急切地问。

"在我的家乡江浦县(今属南京浦口区),他可是大名鼎鼎妇孺皆知的人物啊!"

"江浦!不是说他是安徽人吗?"

"安徽和县与江浦县相邻,林五爷现在江浦县政府当副县长,分管民政工作。"

县长!亚明沉默了。他愿意弃政从艺么?一种惆怅和失望悄悄爬上他心头。他快快告辞而去。但这个林散之,叫他食不甘味,睡不安神,他决定去江浦,亲自问问他,愿不愿意放弃县长的职位来南京画院当画师。

那是1956年的深冬。那天,北风卷着雪霰,可亚明心里热气腾腾,雪霰打在脸上他竟一点没感到冷,还有些凉阴阴的舒适感。他先在江浦县小饭店开了个房间,就向服务员打听林老的住址。听说他要去林县长家,那个服务员自告奋勇要给他带路,一路上他又滔滔不绝向亚明说着他们这位林县长的逸事。

林散之解放前是乌江镇的图董。但他不帮土豪劣绅,却常为受欺压的农民打抱不平。有个农民的老婆被豪绅霸占去了,这个人四处告状,八方碰壁。他来求林散之,跪着说:"林五爷,只有您能救我!"

林散之把他扶起来,当即就给他写了状子,亲自送到官府,尽全力帮那人打赢了官司,夺回了妻子。

亚明听得出了神,不觉就到了林家门口。他谢过服务员,叩开了门。

林老身着黑色长袍,头戴绒线帽,长长的寿眉,颇具仙风道骨。他听力不济,用手罩在耳廓外挡着风伸着头想听清亚明自报家门和叙述来意。然后,两人相对而坐各执一笔,进行笔谈。他高兴地对亚明说:"我不是当县长的材料,画画写写才是我的归宿!"他大声地吩咐老妻打酒炒菜,"酒逢知己千杯少,今天我要与老亚一醉方休!"

几杯酒下肚,林老的话也多了起来。他说:"我今天能坐在家里和人对饮,多亏了张其昌,若不是他救我,我早就人头落地了!"

"哦!为什么?"亚明放下酒杯在纸上写着。

"我在旧社会是个图董,还放过半任县长。镇压反革命那会儿,军管会把我和那些土豪劣绅一道抓了起来,要枪毙。公安局长张其昌在县委常委会上说:'林散之是开明绅士,他没罪恶,在乡里扶危济困,口碑很好。这个人是我们的统战对象,不能杀!'我才有了这条命能在这儿喝酒啊!"

亚明很受感动,在纸上问道:"你现在当县长也是他推荐的吗?"林老笑笑摇了下头说:"听说中央有文件,要求各级政府都要有党外民主人士参政,就把我拉来滥竽充数了!"

林老太太不禁笑了起来说:"亚同志,不怕你笑话,老头他根本就做不来官,他一心想着画画写写,他负责批救济款,哪个来找他要钱他都批。他若不批,人家就不走,跟他软磨硬要,他就无法写字画画了。人家掌握了他这个毛病,没有困难也去找他,有人把他批的救济款拿去买了自行车,你说笑话不笑话!"

林老虽未听清,但他已感觉出了老伴在说什么,也笑了起来说:"我缠不过人家嘛!这下好了,老亚!"他向亚明举起酒杯,"你算我又一个救命恩人!我可以逃离苦海了!"

"哈……"亚明开心地大笑起来。

林老太太从厨下端出一个菜,回到桌边说:"亚同志,我给你说件有趣的事下酒吧!"

林老立即神秘地向她摆手:"家丑不可外扬,家丑不可外扬!"

"林老,你这么一说,反倒引起了我的好奇心,我可真想听听呢!"他又拿笔写了起来。

"她只知其一,不知其二。还是我自己说给你听听吧!"他自我解嘲地一笑,"那还是李品仙当安徽省主席的时候,这位主席酷爱古玩字画,到了入迷的程度。若有人送他好的古董,就可以做到官,他家收藏很多。他慕名邀我去给他鉴别古玩,我虽不愿攀龙附凤,但他是省主席,我怎敢得罪他?就去了。

"他把我安排在一幢单独的房子里,外面派了卫兵,我总有一种失去了自由的感觉。还有很多人找我向李品仙求官。我这人不愿做这种事,住了三个月,就像住了三年一样,急得不得了,就偷跑回来了。

"李品仙倒没有怪罪我,为答谢我没有糊弄他,为他鉴定了些古董,放了我一个县长。我去上任,先要去拜访地方绅士。我在一家破落的乡绅家看到一方砚台质地很好,一看是块有来历的古物,我就说:'你怎么把它放到地上?'那人说:'没有用!'我就起了心,说:'没有用就送给我吧?'那人说:'您要就拿去吧!'

"我就叫勤务兵抱着回了县里。我叫勤务兵打桶水来,我要洗脚。水打来了,我把门闩紧,把砚台放进水里,洗去沉积的墨垢污秽,拿起来一看,我惊喜得发呆了,这是庄丁周的遗物,他是我们江浦的先贤,明代的清流,上面有他刻的长长铭文,我一下激动得泪水都滚出来了!这是缘分呀!我抱着它,如见故人一般,任泪水往下滚,好久好久我才平静,打开门。"

他端起酒杯,得意地呷了一口,"你猜勤务兵怎么说我?他把那桶墨水拎出门时对人说:'你看,林五先生的脚这么脏,一桶水都洗黑了!'"

亚明忍不住哈哈大笑起来。

"我得到这个宝贝,官也不想做了,第二天我就抱着它离任回家了。"

"亚同志,"林老太太夹了块咸肉放到亚明面前的碟子里,"好笑的事还在后头呢!他回家的那天,也像今儿这么冷,他抱着砚台却不肯放。那晚,我上床时他已睡了,我把脚一伸,碰到个冰冷的东西,吓得缩回了脚,大叫起来:'你把什么东西抱在怀里了?'他说:'砚台!'亚同志,你见过这样的人吗?"

亚明仰脖哈哈大笑,连声说:"好!好!妙极了!"他拿起酒壶,把林老的酒杯斟满，又蘸着酒在桌面上写道："林老，我为你对艺术的痴迷干杯！"

第二天，亚明拿着省委的介绍信去找县委书记，要求调林散之去南京。县委书记面有难色，说："这事不大好办呢！林县长没犯错误，怎么好把他的县长免掉？"

"我来前，彭冲书记亲自给我打了电话，说林老是艺术家，不是做县长的人才。林老自己也愿意到南京去做职业画师。"

书记沉吟有顷说："他是民主人士参政的代表，我放他走了，谁又能顶替他呢？"

亚明微微一笑，掏出烟，递给书记一支，自己也点上一支，说："找一个当县长的好找，可要找一个像林老这样的艺术家就难寻啊！"他重重地吸了口烟，又吐了出来，"这事得请书记大力支持啊！周恩来总理指示我们，要把有成就的书画艺术家集中起来，发挥他们的作用，我是为执行总理的指示才来找你的啊！"

书记赞同地点点头说："这样吧，我把林老的事提交常委会讨论一下，看看如何处理为好。"

"好，"亚明站了起来，"我就在这里等你们的答复，不知需要我等多久？"

"这……"书记没有想到他这么紧追不舍，"会还不知何时能开起来，您还是先回去，有了处理意见，我告知林县长。"

亚明笑着摇摇头，固执地说："得不到您的准确意见，我不想回去！"

书记无可奈何地笑了笑说："好吧，你后天来听消息。"

这一天多时间，亚明没有离开林老一步，他们谈诗论画，十分投合，就像早就相知的友人一般。第三天一早，亚明就去了县委，书记的答复是："同意林县长去南京的画院工作，但他仍兼任江浦县的副县长。我们请示了彭书记，他也同意我们的意见。"

亚明紧紧握住书记的手，连声道谢。

画院的力量加强了，画师们的情绪都很高，无不想一展生平抱负。正当这个时候，反"右"开始了。一夜之间，许多出类拔萃的人物被打成了"右派"。有人给亚明打招呼："老亚，你们美协怎么还不行动呀？这可是场你死我活的政治斗争哪！你可不能含糊啊！"

亚明陷入了怅惘困惑，美协下面除了画院还有美术陈列馆和美术工作室，是他去动员"大鸣大放"的。现在又叫他去打人家，他良心不安。他老记着一件事，至今回想起来仍然心悸。"三反""五反"那会儿，文联机关要打一个女会计的"老虎"，说她贪污了多少多少，她吓得要死。那时他少年气盛，觉得这是有意整人，跑去找党组书记，为那个会计打抱不平，说："我们共产党说话办事就得实事求是，决不能无凭无据去伤害一个好人。说会计贪污了那么多钱，我就不相信，只要想一下，就能看出其中有诈。我们文联一年有多少钱？就是不办公不发工资也够不上那个数呀！哪来那么多钱给她贪污？不明摆着不实事求是嘛！"他这一炮，也惊醒了书记，说："运动刚开始，你可不要泼冷水，等到运动后期总会弄清楚的。"

亚明心里有了这个底，就找了个机会偷偷给会计打了招呼，她才挺了过来，

第七章 初温旧梦

没成为运动的牺牲品。他也从这件事中提高了自己。他了解画家们,他们有时有点牢骚,并非对共产党有什么不满,而不过对个别领导有点看法罢了。他们爱党、爱国,清贫正直,也有些缺点。但人才难得呀!

他只好采取拖的办法,收到了检举揭发材料,就自己悄悄处理掉,扣下不上报。但美协一个"右派"不打,已引起了纷纷议论,在党组会上,有人抓住傅抱石发表在报纸上的一篇短文大做文章,要打他为"右派"。

亚明心里一惊,这不要伤害许多人吗?他得想办法保傅老。他拼命讲傅抱石的好处,为他辩护说:"画画的都不问政治,傅老这个人,你们又不是不知道,是个酒鬼,酒后喜欢胡言乱写。他出身穷苦,虽在艺术上很有成就,但他在旧社会地位低下,解放后评他为二级教授,聘为画院院长,他很感激我们党,他亲口对我讲过:'没有共产党就没有我傅抱石。'他还在一次会议上大声说:'社会主义就是好!傅抱石是共产党一手培养起来的!'他是拥护共产党,热爱社会主义的!这是他的主流!我们看人要看主流!不能为了他酒后的一篇小文章就把他打成'右派'。"

会后,省委宣传部副部长、党组书记钱静人找他个别谈话:"老亚,傅抱石的问题你到底怎么处理?会上的气氛你已感受到了,许多同志对你有看法,说你思想'右倾'!你可要慎重对待啊!"

亚明和钱静人的私交不错,也能推心置腹地谈心。他回答说:"傅老是个有良心的老知识分子,跟我谈过他在旧社会的坎坷生活,是共产党提高了他的社会地位,给了他荣誉,他很感激我们党,我很了解他。那篇短文也不过酒后对某些社会现象的几句牢骚话,要我把他打成'右派',我实在打不下手呀！我想你也……"

他们都不说话了，两人都闷声不响地抽着烟，灰蓝色的烟雾在室内升腾缭绕。良久之后，钱静人才开口："你们美协一个'右派'不打怎么行？这不好交代呀，我也不好说话呀！"

亚明并非不知道这场运动的来势，如果想逆洪流而上，不淹死也得翻船，但他怎么也不愿去伤害他人。他沉思半晌才说："实在不行，就打我吧！就说我包庇'右派'！我在'鸣放'中不也提过意见吗？"

钱静人连忙说："你不要这样讲，还是要实事求是！"

他就这样软拖硬磨，结果傅抱石没有打成"右派"，江苏美术界没有一个人被打成"右派"。

二

江苏省国画院是新中国最早创办的画院之一。它以全新的面貌继往开来，创一代画风。有人评论：江苏画院诸家，钱松嵒善用笔，傅抱石长于墨色，宋文治章法精巧灵秀，亚明含三家、自出新路。

1958年初秋，"大跃进"的浪潮席卷全国，亚明率画家们到江南水乡深入生活。

两个月后，他带着两本速写资料回到南京，把自己关在藏经楼潜心创作。藏经楼坐落在紫金山麓中山陵和灵谷寺之间的一个山坡上。周围林木

第七章

葳蕤、雀鸟啁啾，是个美丽幽静的所在。画院建立后，一时物色不到合适的房子，他就想办法把它买了下来，作为画院。这里远离尘嚣，不受干扰。亚明刚过而立之年，才情并茂，思想特别活跃，敢说又敢为，睡在那里，一待就是几个月。他喜欢那里优美的环境，空气中飘逸着林木芬芳，雀儿在树枝间欢歌跳跃，松涛撼天动地，他常常在想象的翅膀频率减缓的时候，来到林间领受自然的滋养。

秋色在变深加浓，时序已进入了深秋。凉意浸润到屋里，每天清晨，推开窗子，晨霭如烟似雾一般，他悄无声息地在林间踱步，绕着那些变苍、变黄、变红、变枯了的乔木、灌木，悠游自在；无名小鸟向他摆摆头，抖抖翅膀，抖落一身晨露；珍珠般的水珠从松针尖端坠落，像串串诗句。虽时已近午，懒散的秋阳才刚刚爬上林梢，从灰白色云层后面探出头来。他刚完成那幅浸润了全部心血的《货郎图》，放下笔，顿感浑身血液都耗干了，那飞扬的想象翅膀仿佛也凝冻在半空中扇不动了。他急需补养滋润。他和往常一样，不觉又走进了林子。

昨夜那场风雨，把碎石小路冲洗得干干净净，只有被风雨摘下来的红叶、黄叶散落地上。透过枝叶间漏下的淡淡阳光，它们艳得像春天开放在路旁草丛的无名野花一般，对他闪动着微笑的眸子；一只画眉跟着他从这棵香樟跳到那株玉兰，不停地唱着，好像在对他诉说着什么，风轻摇着林木的枝叶，残留在叶上的夜露和着成熟的秋叶纷纷落下，像阵雨一般，洒了他一头一脸一身。好不畅快呀！他陶醉在自然的赐予之中，只觉得新的血液在滋生，在体内缓缓涌动……

"老亚！你在哪里？"

一个女人的声音，那么熟！

如莲？是如莲？他突然有了那种山中只几日，世上数十年之感。这才意识到他久未还家。"我来了！"他高声应着往回跑。

如莲站在藏经楼门口，数十级石阶像天梯一样通到她脚下。他一口气跑上去，站到她面前问："你怎么跑来了？"

如莲带点娇嗔地诘问道："我怎么就不能来？"

他忙赔着笑脸说："能来，能来，欢迎光临！"

"你真是很坏！"如莲捶了他一拳。他忙走到头里，领她上楼，把她引进一间大房里。

像别的古建筑一样，这曾是钟山上七十多座寺庙收藏经书佛典的楼宇，木地板、木顶棚、木墙、木窗，油漆斑驳。如莲的目光一下就落到东墙拐那卷被子上，忙问："你就睡在这里？"

"这里有什么不好？天下的好山好水都给和尚道士占了，这是和尚住的地方，幽雅恬静，以天地之气，补我之气，以自然之灵秀养我之性灵，你是大外行！"

"你做和尚去好了！"

"那你怎么办？"

"你别管，还省得我为你操那份儿心呢！"

"我晓得，你说的是气我的话，说真话，我真想当和尚，只是受不了不吃肉的苦！"他向妻子扮了个饿相，"跑许多路来看我，带了什么好吃

第七章 初温旧梦

的来了?"

如莲把手里的人造革提包往他画桌上一放,拿出一只用毛巾包了又包、裹了又裹的搪瓷缸往他面前一推:"趁热吃吧!你喜欢吃的红烧蹄髈!"

亚明连忙捧了起来,凑到鼻前闻着:"真香!"他没来得及找筷子,就顺手操起笔杆,夹起一块油光光、烂酥酥的膀皮塞进嘴里。

"看你这副馋相!"如莲摇摇头,在窗台上找到一双筷子,用手帕擦了擦,递给他,"慢点,不要像饿狼一样!"

亚明嘴角淌着油,抬起感激的眼睛望着妻子:"这阵熬狠了!"

"你也知道熬了?我以为有画画就不用吃饭吃菜呢!"

亚明笑了起来,说:"这话你算是说到点子上了,古人有'秀色可餐'的说法,诗词文章中的秀句也可餐呢!今天我亚明从事绘画,丹青也可当午餐呀!哈哈……"

如莲被他逗得笑了起来,说:"别吹了,吃吧!"她转过身去,"我倒要看看你画了多少可以当午餐的东西!"

每完成一幅作品,亚明就用图钉固定在板壁上。左观右玩,不满意就扯下来,两手一团,扔到墙角,一堆纸团静静地蹲在西墙拐里。墙上已是披披挂挂,琳琅满目了。画的主要是人物,偶尔也有人物山水兼容的。不时也画几笔花卉。她看得出,那些花卉小品就像散步时随手拾起的几片丹黄的秋叶。她对丈夫的才情是很欣赏的。经过这么多年的刻苦磨砺,他从文学、词章、字句到绘画的色墨、纸、笔,都已能运用自如,它们都已变成了他抒发心声的熟悉兵器。但他还在不断地研究它们的奥妙,独辟自己艺术的门径和表现手法。这墙上挂的画,都是她熟悉的江南水乡的风韵。《莳秧行》,满眼新绿,似乎能听到姑娘们在秧田中的欢乐笑声。

她把视线移到《晨曲》上。这幅画面绝大部分的篇幅画的是山野中的巨石和流泉,只在远远的边缘,可以看出三两个系红领巾的儿童正在跨过溪流去上学。近处,一丛新生的箭竹从巨石的缝隙间伸出头来,以生气勃勃、矫健的姿影迎接清晨的阳光。

她走过去,仔细品味着。

"看来你很喜欢这张啊!"亚明已悄悄来到了妻子的身后,他指点着画面,"我有意把上学的儿童和新生的箭竹摆在一个相互对照的地位上。我想通过形象的对照、色彩的对照和意象的对照,来写我心中对幸福安宁生活的向往。"他约略停了半拍,"我记得,从乡下回来时,我悄悄对你说过,'大跃进'破坏了乡村昔日的安宁,百年古树被砍去烧炭了,古老的建筑拆了,也拿去炼炭了;田地已开始荒芜,灾荒、饥饿的幽灵就要降临了。我又无力抗击这灾难的降临,我心里郁闷得慌,只有把对美好幸福生活的向往寄托在笔墨之中。你看,"他指着画面上跨跳石板去上学的孩子,"这个构想是受到小溪边青蛙跳跃的启发而得到的,用它来表现欢跳的孩子,表现山区儿童幸福的生活,恰到好处。现时虽还不是生活的写照,只是我对未来生活的一种寄望,但我想我的心愿一定会实现的。你能理解我的用心吧!"

如莲意味深长地叹了口气,说:"我当然看得出你的用心,可你别太得意了!别人可不都是阿斗啊!"

"我歌颂新生活，怕什么！"

"这很难说呢！"如莲指着《海滨生涯》，"我更喜欢这张。"

"这张发端于渔村生活。网晾起来了，被老鼠咬了几个大洞，船底朝天，不让下湖下海捕鱼，渔民被逼去淘铁砂，渔火灭了，渔烟消散了，这种凋零冷落的情景使我的心阵阵作痛！我渴望看到渔家的幸福和安宁，和平与恬静。我萌生了要作一张渔村美好生活图景的画。"亚明侧过头，看着妻子，"可我却久久未能找到理想的构图和表现方法。我苦思冥想了好些日子。那天夜里，我独自坐在画桌前，望着窗外的山野，如水的月色，突然忆起在博物馆看到的那一高一低组合在一起的两只瓷瓶。那只高颈的黑釉瓶和那只矮的祭红瓷，曾经在我心里唤起过一种宁静安谧之感。一幅优美的画面忽而出现了。我将高颈黑釉瓶化作一架垂直的渔网，将低矮的祭红瓷化为红衣渔女，她正撩起一角网边在编织。为了增添宁静的意境，我又在右下角画了只神态安详在地上蹲着的猫。"

如莲听着听着，泪水溢出了眼眶，她伸手抓住了他的手，紧握了一下，什么也没说。

他也动情了，伸出手臂，挽住她的肩背说："你没白做我的妻子！"

如莲微笑着说："在我的艺术实践中，也有过这种体验。艺术离不开生活，但绝不是生活。艺术的真实只能在生活真实的似与不似之间。你们画界的先人顾虎头强调'迁想妙得'，其实这迁想妙得适用于一切艺术，也适用于舞蹈，对不对？"

亚明连忙点头："如莲，你已悟到了艺术的真谛了！"

他把她引到另一面墙前,"看,看看这张,我为它衣带渐宽人憔悴,画了好久,刚刚完成,对它我寄予了很大的希望呢!"

"哦,这么了不得,我倒要好好看看。"如莲抬眼看去,"《货郎图》!这么多人物?"

《货郎图》抒发的仍然是他对美好幸福生活的向往,可谓他早期的代表作。但就题材而论,它并不新鲜,在宋画中就有过多种《货郎图》。但他师承新安画派的俊逸清丽,简妙秀雅,又渗进了江南湖光山色的灵动恣纵,有一抹千里的气势。他的《货郎图》中,二十多个人物,在他工写兼用的笔墨创造下,形神兼修,除用笔恣肆纵情,还极注意外形的简赅与内心的细腻相呼应,以极小动作表现出极细腻情感,尤其注意人物位置在构图中的作用。他的《货郎图》是他对社会主义新农村美好生活的希望图景,抒发他对富裕和平生活的追求。他得意地望着画上那群人物回答说:"我就是想试试自己的功力到底有多深多厚,能否画出他们不相同的形态,不相同的内心感情。"

如莲喜欢画上的每一个人物,他们的神态风韵没有相似或雷同,各自的服饰也各有特色,特别是构图,疏密、位置都独具匠心,她感佩地说:"老亚,真是皇天不负苦心人!很美,很传神!"她几乎有些抑制不住内心的激动,"我今天的蹄髈没有白送!"

三

1959年春天,亚明接到中国美协的通知,邀请他去京为新建的中国革命历史博物馆作画。给他的任务是画一张诗圣杜甫像、一张杜甫诗的诗意图。同时被邀的还有全国各地的画家,有搞油画的、雕塑的。美协在北京新街口租了个小旅馆,接待来京画家,后来画家们集中住在齐白石老先生在北京的新居里作画,国画家除了他,还有上海的程十发、刘旦宅,西安的石鲁。

亚明在接到通知时就想,要塑造好诗圣杜甫的形象,就得熟悉杜甫的经历、身世、为人和他的祖父、父辈以及旁系家族的历史。只有深入地研究了有关资料和他的所有作品,理解了他的作品、他的思想、他的精神,才能在心中形成他的形象。住进齐老的新居后,第一件事就是开了一长列书单交给张谔。他自己又亲去北京图书馆查阅典籍和有关文献。

资料找齐后,他就坐下来读书,不会客,不开会,一天十几二十个小时读书。一个多月里,他差不多读完了《杜工部集》《杜诗镜铨》《杜诗译注》和不同朝代人撰写的杜甫正传、外传、别传,以及有关的野史、笔记。资料看得多了,他反而陷入了迷惘和困惑。杜甫早年生活得很放浪,只是在长安等官不着,生活陷入困境后,他才与人民接近,才有了人民的感情。他才写出了"三吏三别"、《春望》《羌村》《北征》《兵车行》《自京赴奉先县咏怀五百字》等有人民性的诗歌。

他苦苦琢磨杜甫那些具有人民性的诗。最后他选定了《石壕吏》这首诗。他紧紧抓住"吏呼一何怒,妇啼一何苦"那一刻中吏与妇对话的情景来构思画面。

这是他首次创作历史题材的作品,也是他首次画诗意图。他不仅不熟悉唐代北方农村的景物、环境、房屋的结构样式,对老妇的衣着、发式,吏的服饰、佩带的兵器、捉人使用的是什么东西(锁链还是绳子),他也一无所知。这是历史画,需具有那个时代的特色和历史感,绝不能图省力,胡编瞎画。哪怕只是一个细节,也得有根有据。但这些史料到哪里去找呢?

他求助于张谔,张谔两手一摊说:"对不起,没有线索,你叫我到哪里去大海捞针?"

他只得靠自己了。他首先想到的是曾给过他许多支持的北京图书馆古籍部,就兴冲冲去找他们帮忙。可查遍唐代的典籍,也没见到唐时北方乡村房屋构造以及其他的有关资料。最后,他只有到故宫博物院去找了。

可他不熟呀!那里是收藏国宝的地方,不是每一个人想看到什么就能够看到什么。找谁引荐一下呢?他想到在无锡时认识的画家周怀民,他在北京画院多年了,兴许有办法。

周怀民说:"我让邓拓写个条子给徐邦达。"

"邓拓?他是人民日报社社长,你能找到他?"

他很有把握地点点头说:"他对书画很有研究,对画家很关心,也很重视,会写的!"

果然邓拓写了条子。

他们带着邓拓的条子找到了故宫古文物权威鉴定家徐邦达。亚明有种特殊的魅力，只要与老专家一接触，往往就很快被那些不易接近的老知识分子视作知己。又加之有邓拓的条子，徐老鼎力相助，为他找到了吏的服饰、兵器和捉人刑具的资料。但这只解决了问题的一半，余下的到哪儿去找？石壕村的房子、老妇的服饰是最重要的。

他去找老舍先生请教，老舍先生告诉他："沈从文先生在故宫兼了个职，他正研究古代服装和丝绸。也许他有资料。"

沈从文先生的办公室在午门楼上。沈从文很热情，听亚明说明来意后，他说："好，是首好诗，可以画。"

亚明诚挚地说："沈先生，我现在遇到了一个关键性的难题，要向您请教。唐代北方农村的农舍是什么样子？还有老妇的衣服、发式。"

沈从文说："老妇的服饰资料我这里有，农舍可就困难了！"他思索着，突然他想起来了，说："我倒有北宋时候的资料，与唐时的差不多，有柴扉、短墙、茅舍。"他起身去找，不一会儿从一堆资料中抽出几张发黄的纸片，递给亚明看。

总算找到了依据！亚明如获至宝，激动得紧紧握住沈先生的手，连声道谢。

亚明全心投入了创作之中。他反反复复画了很多草图。除却构图、环境、人物衣着要符合时代特征，还要美，就连柴门上的狗尾巴草画多长也得精心设计。更重要的是要塑造出吏的凶狠、老妇的悲苦神貌。他经过一个多月的苦苦追求，终于成功地创作出这幅传神的巨制，受到了专家们的称赞，成为中国革命历史博物馆首批珍藏。

正当亚明收拾行装准备南回的时候，从莫斯科传来《货郎图》在"社会主义国家造型艺术展览会"上受到观众热烈欢迎和好评的消息。美协秘书长张谔来找他了："蔡老师请你去谈谈。"

蔡若虹在办公室的会客间等他，一见他就站起来，迎上去伸出双手："亚明同志，祝贺你！"

向来大大咧咧的亚明，此时却有些不自在了，脸也红了。

"坐，坐，请坐！"蔡若虹把他捺到椅子上坐了，再次说："祝贺你，你的《货郎图》在莫斯科不仅受到观众好评，也得到专家的肯定！"他把一张《真理报》递给他，"这篇评论是苏联著名的美术评论家写的。"

亚明捧起报纸，一行也没看清，但见印在右上方的《货郎图》中的人物突然都活了起来，在对他欢笑，扬手招呼。他感到有股巨大的蜜流汩汩地流向他的心海，他想唱，想跳，想说"我的路走对了，我成功了"，可他没有喊出来，他很快平静了，告诫自己：失败时不气馁，得胜时不要忘乎所以，这才是君子！事业才能前进！如果迷醉在他人的赞扬声中，那他的艺术就停止了生命！他说："蔡老，我自己清楚自己，《货郎图》并非完美无缺，苏联观众的赞扬，不过是他们对中国人民友好的表示和鼓励罢了。"

"你得胜不骄，我很高兴。但这于中国美术界毕竟是件喜事。《美术》杂志、《人民画报》都将发表这幅画。"

"蔡老，这只是我的习作，大肆宣扬我认为不合适，画家也应安于寂寞才能有所进步。"他目光笃诚地望着蔡若虹，"中国有那么多有成就的画家，我只是刚刚起步，我的路还很远很崎岖……"

"亚明，你想错了，这不仅是你个人的成就，它也是中国画家的荣誉。"蔡若虹目光慈祥地看着他，"画展还要巡回到东欧其他社会主义国家展出。展览结束，这幅画将收藏在中国美术馆，别舍不得哟！"

四

亚明由北京返回南京，一个推动江苏美术创作的新计划，已在他心里酝酿成熟了。

亚明刚到家，如莲就对他说："听说，吕凤子先生的病加重了。"

吕先生自1954年患高血压以来，常常头痛气喘，长夜失眠。但他像许多从旧社会过来的老画家一样，对新社会充满了热爱，渴望多出力、多奉献。他自刻一方"而今乃得生之乐"的图章，以表他的心迹。与亚明结识以后，他创作了许多反映新时代的作品，《送公粮》《老宋唱》《老王笑》《菜农的喜悦》都曾获得好评，他年老多病，却不颓丧，也不服老，在写给亚明的信中说："医戒劳动而苦不能，非他人不许我休息。……虽臂颤腕痛，画不成画而仍在挥洒。从前作画以写愤慨，兹则用抒欢喜，用当歌颂。"1957年，学院领导照顾他，动员他退休，他画了个左手持拐杖的白发老者，神态坚定地摇着右手，题了一个"不"字。在题跋上写着："使尽我的力，我不要休息。"多么可爱的老人！亚明把他引为知己。他理解吕老对艺术的那种"春蚕到死丝方尽，蜡炬成灰泪始干"的虔诚之心。他的病情加重，一定是不肯休息，劳累过度所致！亚明放下行李，就推出自行车。

如莲问："你去哪里？"

"去看吕先生哪。"

吕凤子闭目躺在床上，胸闷气急。听到亚明的说话声音，忙问："是亚明同志吗？"

"是我，吕先生，"亚明应声跨进了吕老的卧室兼画室里，站在吕老的床前，"我刚从北京回来，如莲说您身体欠佳，我放下行李就来了。您可上医院看过医生？"

吕凤子见到亚明，病仿佛突然好了许多，他颤颤巍巍地撑起身，要坐起来。

亚明慌忙捺住他："您躺着。"

他连连摇手："坐着好说话。"他的家人已拿来只靠垫替他撑着背。

亚明很善解人意，理解久病在床人的孤寂，如果不是听说他病情加重了，他也要来看他的，不过不是今天，他原准备先去看傅抱石，征求傅老对他的那个计划的看法，再来听听吕老的意见，现在他可以先听听吕老的看法了。他说："我有个想法，想建议美协以国画院为中心，组织一个江苏国画工作团出省参观访问，目的是向兄弟省市画家学习，开眼界，扩胸襟，长见识，师法造化，写真山真水。"

"好！好！这个主意好！"吕凤子的精神为之一振，"你怎么想到这个

第七章 初温旧梦

好主意?"

"我这次去北京为中国革命历史博物馆作画,感受很深!"他把他怎么画成杜甫像,怎样才完成《石壕吏》的诗意诸多过程详细对吕老说了一遍,"这都是因为没有那样的经历,没有那时的生活,没有见过那时的农村,所以那么难产!"亚明掏出烟,抽出一支,正要点火时,他突然想到这是在病人床前,连忙插回烟盒,收起来。"我们江苏的画家,长期生活在江南,熟悉的山水风光是长江、太湖和灵岩、惠、金、焦、北固、牛首、栖霞等山。这些山与华山、黄山、泰山相比,只不过是盆景而已。我们大多数画家,足不出户,画了几十年山水画,还未跨过长江,按师承闭门造车。没有踏过真山真水,没有写过真山真水,作品怎么能反映新的时代面貌,怎能画出时代气息呢!时代变了,我们的笔墨不能不变,石涛说过,'笔墨当随时代变'。石涛晚年作品那么捭阖纵横,以奔放胜,与他行万里路'搜尽奇峰打草稿'息息相关。美在自然中,美在生活里,美在我们的人民间,我们只有深入到生活里去,才能创作出具有时代精神的好作品。"

"是,是!太好了!亚明同志,我多么想随你们一道去踏真山真水啊!"吕老突然暗自神伤起来,气也接不上去了。

亚明慌了,连忙伸手给老人抚胸捶背,连连安慰:"别为这事难过,您现在的任务是好好养息,一定会好起来的!您不像我们,您阅历极丰,走过万水千山,东岳、西岳、峨眉、青城,您都去过,您在峨眉的古寺中一待就是一个月,画了那么多传神的罗汉。"

吕凤子的情绪又被亚明鼓动起来了,他点点头:"你说得对,我不会死的,不会。"他做了个深呼吸,"亚明同志,你们都为建国十周年做出了许多贡献,我也要为建国十周年出点力。"他呼来家人,"扶我起来,我要画画。"

"吕先生,"亚明扶住他,"您还是躺下休息吧,等康复了再画也不迟。"

他吸了口气,固执地摆了下头:"不,我要画!"

亚明只得和他的家人一道把他扶到画案边。

吕凤子抖擞精神,一连画了三张,并题道:"老凤今年七十四,一身是病不肯死,新国建国才十年,似已过了一百世,还等一阅千世事。"

亚明感动得哽咽了,这就是中国的老知识分子,他们是多么知恩图报啊!

晚上,亚明去了傅抱石家。他向傅老叙说了北京作画的情况后,就汇报他那"壮游"山水的设想。

傅老听得入了神,连连点头,称赞:"这个主意好,好!思想变了,笔墨也得变,画家要融入时代,反映时代!可是,"傅老思索着,"钱老、余老都已年逾花甲,这爬山涉水……"

亚明微笑着接上去说:"这个你别操心,我已有打算,我们找些中青年画家一道,组织个老中青结合的队伍,给中青年明确一个任务,首先是负责老先生们的安全和生活。"他把酝酿好的人选名单写在纸上,"你看,我们八个中青年照顾你们五老,不会有什么问题的。"

1960年9月初,他们一行十三人,从南京出发,开始了壮游。他们第一站到郑州,再从郑州到洛阳,入西安,进陕北,参观革命圣地延安,上

第七章 初温旧梦

华山,游龙门石窟,参观三门峡水利工地,翻秦岭进川,到成都,游沱江,观大佛,登青城,攀峨眉,到山城重庆瞻仰红岩村、曾家岩。再由重庆坐江轮顺长江经三峡到武汉,参观大型钢铁企业武钢,乘火车入湖南,参观毛泽东早期革命活动纪念地:清水塘、第一师范、韶山村等,还去了炭子冲刘少奇故居。再从湖南进广东,最后从广州返回,前后三个月,行程二万三千里。终日伏在画案上,沉浮在卷轴间的画家们,一旦置身在神奇的变幻的大自然中,就像久困山涧小潭的鱼儿,突然游进了大海,笼鸟复归了林间一般,思想特别活跃,顿生一种海阔凭鱼跃、天高任鸟飞的旷大自由之感。

亚明过去以画人物画见长,他想借这次壮游以诸老山水画之长补他之不足。一路上,他照看他们的安全。他还总结出一条经验,走路不观景,观景不走路,以免一脚落空出事故。他还给老先生们定了条纪律,三步一停,五步一歇,利用歇息间隙观景、写生。他走在老先生们身边,仔细观察他们写生,听他们谈艺。登华山时,他们的话题很快转到了明画家王安道的《华山图册》上去了,你一言我一语,滔滔不绝。亚明读过《华山图册》,认真地倾听他们如何评说。

"今日观来,王安道的《华山图册》是有生活根据的。"丁老立住,望着华山西部诸峰,"还传达出了华山的气魄、风貌,他算得是一位杰出的画家。"

"华山最突出的是荷叶皴!"张老指点着一些山脊,"这是,这也是!"

钱老慨叹地附和着:"我今天看到了真正的荷叶皴了!"

路边有一棵树，树下有几条石凳，亚明建议大家坐下歇一会儿。大家正想多多欣赏华山诸峰，各寻石凳坐下，谈锋又热烈起来。亚明边听边勾画陡峭的北峰。

"我同意同志们的意见。"傅老加进了讨论，亚明忙从远处收回目光，边听边将傅老的一席话记录在速写本上。"我们从《华山图册》序里，也看得出王老夫子不是无动于衷地仅仅把华山抄录了下来，而是画了之后不满意。"他微微一笑，"怎么办呢？于是就把它（华山）'存乎静室，存乎行路，存乎床枕，存乎饮食，存乎外物，存乎听音，存乎应接之隙，存乎文章之中……'王安道把画华山放到整个精神生活里去了！经反复洗炼，不断揣摩，等到'胸有成竹'执笔再画的当儿，自然而然地就'但知法在华山，竟不知平日之所谓家数何在……'他就这样完成了有名的《华山图册》。"

这是堂多么生动的艺术课啊！傅老的话，句句落在亚明的笔下，也镌刻在他的心上。

他们这一行，就这么走走停停，停停走走，从华山到了峨眉山。边谈边画，虽说不是很系统，却是发自内心的感受。只有身居真山真水之间，才有这样活泼的联想，灵感的闸门才可真正启开，才有助于理解中国画的传统，才能正确继承、创造性地发展传统。在峨眉山万年寺无梁砖殿中，秋风萧瑟，如豆的小灯闪闪烁烁，他们在北宋太平兴国五年（980）铸造的高达7.3米的普贤菩萨骑六牙白象的铜像前的砖地上，席地而坐，谈参观访问的感想。亚明说："我沿途听老先生们结合真山真水，现身说法，

亚明先生曾数次登黄山写生。图为1998年对景作画于清凉台。

亚明在工作。

收获很多，我想请傅老给我们上上生活和笔墨关系的课。"

"好，我说。"傅老满口应承，"我正想说这个问题，亚明同志就点到了我。"他微微笑着，"笔墨技法，不仅仅源自生活，并服从一定的主题内容，同时它又是时代的脉搏，作者的思想和感情的反映。"他说得很动情，"看来，我们得从自己的看家本领来考虑问题了！不是笔墨全不要，而是要求在原有笔墨技法的基础上，大胆地赋予它新的生命，大胆地寻找新的形式技法，使我们的笔墨能够有力地表达对新的时代、新的生活的歌颂与热爱。换句话说，就是不能不要求'变'。"

亚明情不自禁地鼓起掌来，大家也跟着使劲拍起了巴掌，掌声在这高高的穹顶下久久回荡。这次旅行写生，对亚明艺术道路的发展有着深远的影响。他创作出了首批山水画，显示出他的山水画艺术才华和无量的前程。

通过这次壮游，老画家们的笔墨也注入了时代的血液，出现了许多反映跳动着时代脉搏的好作品。

他们回来后，举办了以"山河新貌"为题的大型画展。亚明有《华山北峰》《出院》《三峡灯火》等十几幅作品入展。1961年，画展在北京美术馆展出，首都美术界为之一震，广大观众给予了高度的评价和热烈欢迎，《人民日报》发表了傅抱石的文章《思想变了，笔墨就不能不变》，郭沫若、王昆仑也撰文称赞画展，他们一致认为这是"中国画新生的信号"。

1961年秋天，亚明首登黄山。他久久流连在黄山的雄奇和变幻无定的云海烟岚之间。背着山芋干粉蒸制的黑馍，就着山泉从前山画到后山，从山下画到山上。当时国家经济处于三年困难时期，人民生活艰苦，亚明盼望人民安居乐业，过上幸福的好日子，他把希望寄于笔端，创作了一幅刻画入微的精美之作《太平山居图》。这是生活给他的赐予，是一个人民画家的良心表露，也显示出他的山水画已达到了工写兼修的新高度。这次壮游，亚明深深体会到，生活是艺术之母，人民是艺术之母，艺术离开了他们，就没有活泼泼的生命。

第八章　斯人已去

一

　　1965年11月，姚文元的《评新编历史剧〈海瑞罢官〉》一发表出来，亚明就隐隐地感到，一场特大的政治风暴已经酿成了！

　　1966年5月10日，亚明在《文汇报》上再次读到了姚文元火药味很浓的文章《评"三家村"——〈燕山夜话〉〈三家村札记〉的反动本质》。《燕山夜话》《三家村札记》是邓拓、吴晗、廖沫沙以"三家村"为名写的。

　　这是亚明所没料及的，他不由紧张起来，拿着报纸的手都有些颤抖了，仿佛有簇箭矢朝着他的胸口射来一般。

　　他是20世纪50年代末认识邓拓的。

　　他到北京开会，去看望老朋友周怀民。周老对他说："邓拓同志跟我问起你，他称赞你那张杜甫诗意图画得不错。"

　　他不认识邓拓，为画《石壕吏》要到故宫找资料，周怀民找当时担任中共北京市委主管文教工作的书记邓拓写了张条子。事隔数年，像邓拓这样的高级干部每天有多少事要过问，竟然还记得他。这使他很感动。他对周老说："难得他还注意了那张画！"

"邓拓同志很爱字画，对画家也很好，你应该认识认识他，我带你去。"

他也心向往之。周怀民当即就给邓拓挂电话说："南京的亚明来了，他想来看看你，你何时有空？"

邓拓回答说："请他今晚来吧，我不安排别的事。"

邓拓住在大雅宝胡同人民日报社宿舍。他们一见如故。谈中国画的历史、现状和未来。哪家哪派，邓拓了如指掌，说得有根有据。他们对中国画的认识、见解又都一致，谈得十分投契。他对邓拓如此关心艺术，又很内行，产生了好感。临走时，邓拓紧紧握住他的手说："我希望我们再见面，以后到北京来，一定要告诉我。"

邓拓给他的第一印象，是平易近人的学者，不是高高在上的"官老爷"。

没过多久，周怀民打电话给他，说邓拓有个想法，想搞个"扬州八怪"画展。"邓拓他就藏有'八怪'中的郑燮、汪士慎、金农等人的一些作品，他想让更多的人看到它们。"

"好呀！"他兴奋地在电话里叫了起来，"据我所知，扬州博物馆就收藏有黄慎、高翔、李鱓、李方膺、罗聘、高凤翰等人的作品，我也藏有一些，请转告邓公，这事我去办。"

邓拓为举办这次画展，三下扬州。随着画展的成功，他们的友谊也日益深厚。从邓拓的谈吐中，他感觉到邓拓对"扬州八怪"这个活跃于清乾隆年间的画派很有研究。预展时，他们一起看画，他想试探邓拓对"扬州八怪"到底知道多少，便说："'扬州八怪'的代表，人家一般是指汪士慎、黄慎、金农、高翔、李鱓、罗聘、郑板桥、李方膺。这种划分可公正？"

邓拓点点头说："一般都这么认为。但汪鋆的《扬州画苑录》中记录了他们同代人的不同见解。有去掉汪士慎、高翔、罗聘，加进高凤翰、边寿民、杨法的，也有把高翔、李方膺换成闵贞、高凤翰的，还有把陈撰、李兹列入的。"他指着高凤翰、陈撰、罗聘、李鱓的画，"我还是第一次见到他们的画。这得感谢你借到了这个画派几乎所有人的作品，使我饱了眼福。由是观之，他们画的多系花卉，主要还是继承徐渭、八大、原济和尚的传统，但又各有自己的风格。"他脸上流溢出欣悦之情，"他们又都能诗善书法，真乃三艺皆绝啊！这在当时是有悖正统画风，才被视为'偏师''怪物'的！从展品看，他们作为这个画派的代表，都当之无愧！'八怪'不一定只限于八个人嘛！"邓拓对他和陪同的参观者笑笑，"这是一个画派的统称。'扬州八怪'的笔墨技法对中国近代写意花卉影响很大啊！"

这席话，亚明记忆犹新。

"亚公，"还是上首都开会，周怀民来看他，一进门就喊，"最近邓公得到四张好画，宋画，你非得看看不可！"

"好画？"他高兴地反问了一句，"那我一定要看，今天晚上去，你先打电话约一下。"

周怀民立即起身去打电话。不一会儿，他返回来说："邓公说，欢迎你去，今晚他不会见别的客人。"周怀民又补充了一句，"到我那里吃晚饭，晚饭后我们一道去。好不好？"

"有饭有酒，还有画看，哪有不好的！"说着他们哈哈地笑了起来。

饭后，亚明和周怀民来到邓拓家。门铃一响，秘书就拉开了门，对他们说："正在等你们呢。"

邓拓迎出来，握住他的手，把他们让进屋里。他们刚坐下，茶就沏上来了。邓拓微笑着对他说："亚明同志，这是你的家乡茶呢！猴魁。一个太平（今属黄山市）的朋友送的，你尝尝，味道怎么样？"

他连忙端起来呷了一口，点头赞道："好茶！"

"我再招待你们看画！"邓拓起身走到书橱前，拉开门，拿出四轴画展开一幅，"这张是唐伯虎画的《鹤林图》。"

"他用的是宋人李营丘的笔法。他们都是放意诗酒琴棋的人。李的山林、泽薮，平远险易，萦带曲折。飞流危栈，断桥绝涧，水石风雨，明晦烟云雪雾，皆吐自胸中，倾之笔下。他写平原寒林时，惜墨如金，笔尽而意在，扫千里于咫尺之间，那是前无古人的。王维、李思训是不能与他相比的。他又是个酒仙，想求他的画，就得先请他喝酒。酒酣笔落，烟云万状。"邓拓滔滔不绝，最后将话锋又落到《鹤林图》上，"你们看，这群仙鹤，多么飘逸。这疏林，又多么平远，像不像李营丘的笔墨？"

亚明在博物馆里见过李成（营丘）的画，还在《宣和画谱》上读到过有关李成的介绍。他很钦服邓拓对李成的评价，说："我很赞同你的看法，唐寅受李营丘影响很深。"

"过去日本就有人把唐寅划归北派。他虽然是苏州人，但他的画风却是北方风格。有人说'唐有李'，有人说'唐无李'。画坛上这个争论也没一个结论。依我看，还是'唐有李'。"邓拓引经据典，高谈阔论，证明唐伯虎的画风受李成画风的影响。

邓拓卷起了《鹤林图》，展开了《潇湘竹石图》，指了指上面苏轼的题款说："这张画子露面后，琉璃厂古玩部把它送到故宫。有关权威说是假的，不是苏轼所画，从故宫里被打出来。他是权威鉴定家，他说是假的，它就不值钱了。我认为它是真的，把它买了回来。"他从书案上找出一些资料，翻到一个地方，念了一段，"这里说得很清楚，苏东坡是如何作这张画的。你们看看，苏东坡的竹与别人画的不一样。"他指着画上的竹说，"他画竹喜欢从底一笔画到顶。米元章问他为何不分节画？他说，'竹子生出来的时候，它就不是一节一节长的呀！'他画竹，运笔清拔，有股英风劲气，往来逼人，无所拘束。你们看，这画上的竹不正是这样的吗？他人能摹得他这种英风劲气吗？能有他这种宕跌如入无人之境的气势？"他说得很兴奋，"这个故宫里的权威，武断不武断？一下就宣判了它是假的，打出宫来！"

邓拓又展开了另外两张，一张《白鹰图》，一张《百子图》，都无款。大家又议论了一番，近似谁的风格，可能系哪家哪派之作。话题转到"四清"工作上来。亚明说，"我们画院全体画师都派到乡下搞'四清'，我耐不住寂寞，根据江南水乡耕地状况，设想了一种多功能九匹马力的拖拉机，省委书记彭冲看了很高兴，要我到南京工学院请专家论证，结果，教授说我是个幻想家,只有一位助教赞赏我的大胆设想。"

"哈哈……"邓拓开心地笑了起来,"无独有偶,你弄了个多功能拖拉机,我在乡下弄了个收玉米机。华北农村的生产力解放,现时小型农机最好。"他突然话锋一转,"亚明同志,我求你一张画。"

亚明谦让着说:"我的画不行,不敢在你面前献丑。"

"别推了,我见过你的画。"邓拓说着起身到早已铺上毡子的台子上又铺了张宣纸。

亚明对周怀民努努嘴:"周老画得好。"邓拓说:"周老的我有。"

周怀民说话了:"书记请你画,你就画吧!"

亚明画了半个小时,画成了一张山水。

邓拓称赞说:"有石涛风味。你对石涛很有研究吧?"

他说:"谈不上很有研究,喜欢而已。"

"石涛乃清初四奇僧之一,诗书画三绝一体的大家,他生前自题《墓门图》中有两句'谁将一石春前酒,漫洒孤山雪后坟',绝不绝?王烟客以隶书名世,他称赞和尚秦篆汉隶'大江之南无出其右者'。和尚的画,不论山水人物,还是竹石梅兰,笔意纵恣,睥睨古今,横溢矩镬,一落笔即与古人相合,王麓台评之曰:'海内丹青家,吾虽未能尽识,而在大江之南,当推石涛第一,予与石谷皆有不逮。'从你这张画中,可以看到,你的笔墨恣纵又很含蓄,画面有一种文静意韵。境界不错,用的是诗的笔墨。我很喜欢。"

他早就听北京知识界、文艺界朋友说,邓拓是北方才子,谈艺涉猎深远，恣纵捭阖，但他还未见过邓拓的诗词，不知邓拓的文学思维敏捷如何，他想今晚是个机会。他铺上一张只有他那画幅三分之一大的纸，对邓拓说："书记，你是书法家，请你写幅字。"

"好，行。"邓拓应着就从架子上拿下一张四尺大宣换下了那张小纸，得意地说："要写就写张大的。"

他很想说，那张太大了，拿回去往哪儿挂？邓拓那么痛快，他也就不好意思讲了。

秘书把纸铺好，站在桌边牵着。邓拓蘸了墨，正要落笔，他说："慢！"

邓拓马上停住问："什么事？"

"邓公，是否写一首以今晚我们看四幅画为题的诗？"

邓拓笑了起来："你给我出难题了！"

他没作声，背依着窗口，抽出一支烟，点燃起来，刚吸下一口，邓拓就已重新蘸墨下笔了。只两三口烟工夫，就听邓拓说："好了！"

一幅流畅的行草。邓拓念了起来：

营丘雪景鹤林图，
竹石潇湘拜老苏。
尔我学徒同欣赏，
好凭创作不为奴。

亚明从心底里佩服起邓拓的才思敏捷。这幅字带回南京，亚明把它裱好，在画室墙上挂了几天，因为太大，挂在哪里都不合适，就卷好收了起来。

亚明和邓拓的最后一面，是1965年春天，华北地区版画年画座谈会，邓拓到会作报告。会议结束后，他去邓家聊天，话题还是绘画。从《十竹斋书画谱》谈到杨柳青年画，又谈到版画，一聊就是一个多小时。他看看表，已晚上九点多了，就起身告辞。邓拓挽留他说："还早呢，多聊会儿吧！"他复又坐下。邓拓问他："最近创作了什么画？"

他苦笑摇头说："我们早停止创作了！"

"为什么？"

"把我们全体画师都抽去画革命现代戏的布景去了！"他说着不由激动起来，仿佛面前的邓拓就是错误的决策者，"舞台美术与国画是两码事嘛！这不是乱弹琴吗？"

邓拓没有发表议论，目光突然暗淡下来，脸上露出了无可奈何的神色，他下意识地摆了一下头，踱到窗口，眺望着北京的夜空。良久，他转过身，看着亚明说："中国画是中华民族光辉文化的重要部分，不管历史多么曲折，它都要绵延下去。"他没有直接回答亚明的问题，语气庄严地说："如果它在我们这一代手里湮灭了，那将是不可饶恕的罪过！"

亚明似乎懂了，又感到茫然。

邓拓的影像隐退了，亚明的目光投到窗外。天边的乌云已漫上来了，遮住了太阳，天暗了下来。不远处的阳台上出现了匆忙的人影，在收晾在外面的衣服。天愈来愈黑，像一只沉重的铁锅，翻扣在南京城的头上。亚明突然感到憋闷得吐不出气来。随着一道划裂长空的闪电，"哗啦——轰隆！"一声巨响，长空仿佛突然裂开了无数个口子，大雨倾泻下来。

二

5月11日，全国大大小小的报刊都转载了姚文元的文章。从这时候起，批判"三家村"的炮弹越来越密集，火药味愈来愈浓烈，全国各地炮声隆隆，报纸上连篇累牍地登载着各地、各条战线愤怒声讨邓拓"黑帮"反党罪行，向"三家村"猛烈开火的消息。

亚明一下坠入了五里雾中，他无法把那些骇人的帽子与邓拓留给自己的印象叠合。这到底是怎么一回事呢？

学习会上，有的人像发了狂一般地讨伐起"三家村"来，那神情仿佛要把邓拓、吴晗、廖沫沙碎尸万段方可解恨。亚明破例没有发言。说什么呢？说他们反党？他没有看到证据，他不愿昧着良心说话。但他的心却被那些偏激的言辞冲击得提拎起来，又摔得粉碎了似的。心惊肉跳不得安宁。他几个晚上都没睡着。大概是姚文元文章刊出的第四天吧，他预感到要发生什么事，晚上开会回来，就呆坐在画案边，凝望着窗外的夜色，久久苦思。

如莲开会回来得很晚，见亚明呆呆地望着窗外夜空，连她进来也没有觉察，就走到他旁边，摇了摇他的肩膀问："发生了什么事？还没睡觉？"

他苦笑着仰起头,望着妻子,放低声音说:"如莲,你看了这几天的报纸吗?"不等她回答,他又接着说,"我分析了当前形势,这次我肯定逃脱不了'三家村''追随者'的罪名,有人肯定要抓住我和邓公的交往大做文章!不管发生什么事,你都别怕!我心里有数,邓公决不是反党分子,我也不会反党,历史最终会证明这一点。"他站起来,把声音压得更低了,"我们要保存好邓公送我的那幅字。肯定有人要来追查,我们口径一致,就说看了报纸上批判他的文章,把它烧了。"

他从藏画箱里把那幅字找出来,"我已想好了,放到铁皮烟囱里,你去拿床草席来。"他解开系带,把它展开在画室的地上,重读一遍。他的眼前又浮现出了邓拓挥毫的情景……

"又发什么呆?"如莲抱来了自己用的草席,放到地上,"快卷起来吧!"

亚明这才收回目光,一声长叹,蹲下去,卷好书轴,再把它卷进席里,和如莲一起,卸下烟囱,把它硬塞进去,再接到烟道上,"从现在起,不要烧大灶了啊!"他叮咛着。

"不会的!"

"我们睡去吧!"一切收拾停当,亚明挽起如莲,"别忘了,叮嘱老太太,不要烧灶,还有叶宁、鲍宁两个孩子,只说烟道坏了。"

"你放心,我知道。"

也许是多日没有安睡,也许是邓拓的墨迹有了安全的所在,亚明竟一觉睡到了天亮。

次日,亚明夫妇上班,刚出门,迎面围墙上一幅巨大的标语震骇了他们。他们虽然已有思想准备，一时还是接受不了："揪出邓拓黑帮的爪牙亚明示众！"

如莲的脸霎地白了，心也"怦怦"乱跳起来，像被钉子钉在了那里，挪不动步子了。

亚明心里顿时升起一股愤怒，他恶狠狠地盯着标语看了一眼，冷冷一笑，很快镇静下来，推起车子，回头看了如莲一眼，"走吧！没有什么了不起的！"他就骑上了车，飞驰而去。

这时，楼道里响起了说话声和脚步声，如莲害怕被人撞见，逃也似的跨上了车。

亚明虽然强制着要自己不激动，但愤怒淤积在心里，使他感到心肌阵阵胀痛。他想发泄，将胸中郁结之气放掉，使足力气蹬车。他忘了是要去机关上班，参加学习，竟在街上无目的地疾驰起来。天哪，一夜之间，南京忽然改变了面貌，到处都刷上了巨幅标语和大字报。他放慢了速度，想看看这些标语大字报是针对谁的！啊！陶白！这不是宣传部部长？他也被指控为"反革命修正主义分子"？他是位有学识有见解，关心文学艺术，善良正直的领导，怎么也整到他头上了？

继续往前骑，一张大字报打着血红的"×"。他的心猛然一个惊悸，滑下车，推近一看，上面赫然写着："向'三家村'在南方的黑爪牙亚明猛烈开火！把亚明斗倒斗臭！叫他永世不得翻身！"

他的名字倒写着，打着血红的"×"。他尽力克制着看下去。但大字报写得很空洞，没有内容，只是一串空空的帽子。他不由暗暗好笑，这就能把人"斗倒斗臭"?

他又骑上车,到了鼓楼广场。大标语大字报像漫天晾晒的尿布,铺天盖地,其中关于他的大字报占了不少位置。他像机器人一般,转着圈子搜寻过去,不仅仅有大字报,还有把他画得奇丑无比的漫画。突然,北京西路方向传来了口号声和铜锣声,许多人向那边翘首望去。

口号声越来越近,看大字报的人们往那边围过去。锣声单调低沉,犹如深山野谷老狼的哀鸣,啃噬着他的心。他想看看那里到底出了什么事,随着人流跟过去。一看那些大字报,他那颗充斥着愤懑和抗议的心,这时有些气馁了。他那肿胀得发痛的心倏然间破裂了,淌血了,他不忍目睹这个场面,扭转头,像疯了一般,跨上车,漫无目的地疾驰而去。他不觉到了长江边上,闭着眼睛坐在码头边的防洪墙上,想拂去那些丑恶的场面留在脑海中的印象。

冤家路窄。在下关火车站外面,也贴了"打倒""讨伐"他的大字报。

未进机关大院,就感受到了紧张的气氛。院子里一片繁忙,有人在往墙上刷糨糊,有人在往墙上贴大字报。

他放好车,掠了一眼院子,墙上大字报披披挂挂,在风中"哗哗"作响。他背着手,沿着墙根看过去,除了揭发与邓拓"勾结"、"北呼南应进行反革命活动"外,就是揭发他"推行反革命文艺黑线,反对文艺为工农兵服务"等等,帽子满天飞,大得吓人。

突然,从办公楼里拥出一群戴红袖标的人,他们叫喊着奔向他。他还没有回过神来,就被人架起了"飞机",连拖带拽进了会场。震耳欲聋的口号声像狂风暴雨一般,他只感到两只胳膊被扭得生疼,没有听清他们喊叫些什么,大概都是大字报上的言辞吧,他的头被低低地按了下去,腰弓成了九十度。突然,有人抓住他的头发,把他的头拎了起来。就在这一瞬间,他看到了一张非常熟悉的面孔。

这个面孔20世纪50年代初他就很熟了,那时面上总荡漾着微笑。画院初建期间他受到亚明的推重,那笑又添了新的成分。可这张脸今天突然扭歪了,变得那么狰狞!那嘴开开合合,唾沫横飞。揭发他怎么上邓拓家去,怎么"臭味相投",互赠书画,把邓拓的"黑诗"当作"黑指示",裱好挂在画室,当作圣旨、座右铭。还摇头晃脑,背起邓拓那首诗,指着亚明的鼻子问:"'竹石潇湘拜老苏',是什么意思?"

真做得出来,那时他不也叫过好吗?无耻之尤!亚明弓着腰,任凭那人颠倒黑白,信口雌黄。

亚明的头又一次被拎了起来,又一张朝夕相见的面孔出现了。他原在外地基层,亚明见他画得不错,费了不少周折才把他招聘到画院。往昔,他对亚明感恩戴德。今天,他的面孔突然变长了,像马脸一样,他正义愤填膺地批亚明:"我感到非常痛心,没想到亚明堕落成反革命黑帮分子!"他指着亚明的鼻子揭发道,"你去年上北京开版画年画座谈会,回南京前,邓拓用自己的轿车送你上火车站,有人看到你从黑轿车里出来,对不对?你们密谋了些什么?你要老老实实交代!"

他的头又被按了下去。他看到一双躲闪的目光。虽仅一瞥,他就发现了那目光的惶惑和不安,还有同情。这双眸子他也很熟,那是双闪烁着才华的眼睛。早在1958年春季的一天，他去傅抱石老先生家看画。看过画后，傅老拿出一张在毛边纸上随意写的人物递给他："你看，这几笔怎么样？"虽然只是几笔，这个人物的灵魂风貌却跃然纸上，才气横溢！像磁石一般吸引了他。突然间，他心里涌起了喧响和感动，说："不像是您画的！"

"有眼力！"傅老得意地捋捋没有髯须的下巴，"犬子小石的习作！"

"啊？"他惊呼一声，"后生可畏！傅老，您别不高兴，令郎的才华在您之上！"

傅老抑制不住内心的喜悦，以一种复杂的心情慨叹着："有人问他，你看你爸爸的画怎么样？你晓得他怎么回答，'我爸爸的画，不怎么样'。这话是该他说的吗？你说这畜牲狂妄到了什么地步！"

他一拍巴掌："好！年轻人就应有点狂！"

"唉！"傅老沮丧地长叹一声，"聪明反被聪明误了！"

他问："你这话怎么说？"

傅老又是一声叹息，说："小石在中央美院是尖子，因为太聪明、太单纯，在政治上栽了跟头，被打成'右派'，毕业后就被送到河北双桥农场劳动改造去了。这孩子要被糟蹋了。"

他深深理解一个父亲深沉叹息的含义。这叹息，犹似一根带水的皮鞭不时鞭笞着他的心。糟蹋一个天才，那是犯罪！那时他就在想，要想办法把小石调到画院来。只要到了他的麾下，小石就可以发挥自己的艺术才华了。有其父亲的帮助，小石将来一定大有出息。从那时起，他就在想办法。他找省里的领导,申述小石的才情、傅老的忧虑,"小石才气横溢,是一个宝,我们要来,可以大派用场。至于他的"右派"问题,学生嘛,少年气盛,说几句过头话。"老省长是了解傅老的,同意了亚明的提议。他有了这把"尚方宝剑",就开始活动了,他给北京、河北的朋友写信,托人帮忙,"我要这个人,他是个奇才,前途无量。"经数年的努力,1961年终于如愿以偿。初来时小石还戴着"右派"帽子。干些杂活,可他非常努力,苦活累活抢着干。大家都认为小石表现很好,有了摘帽的群众基础了,1962年摘去了"右派"帽子,沉重的政治包袱卸下了,在傅老的帮助下,小石的笔墨技法有了长足的进步。可傅老,他的良师益友,因突发性脑出血却离开了人世。得招呼小石,不要卷进这种政治旋涡,可以利用这个混乱的时期去画画,待运动一结束,他的业务就出头冒尖了!他又偷偷望了一眼坐在墙角落沉着头,一脸惶然的小石,啊,还有李山,也应招呼一声。他和小石一样,在绘画上很有才华,曾因政治问题谪贬新疆,是他经手调到画院来的。他对他们两人寄予了很大的希望,他们是难得的人才。得告诉他们,不要卷进政治旋涡,他们的才华之根不能脱离艺术这块园地。

  震耳的口号声使他猛醒到自己现在的处境,他只觉得腰弯得快要断了,他们批判些什么,他一句也没听清,他感到自己就要倒下去了,他得坚持住,坚持住……他终未坚持到会议的最后,昏倒在会场!

三

天没亮,南京城里的高音喇叭就响了。

对门树上的喇叭一响,亚明就和如莲起来了,他们匆忙煮了点泡饭吃下,便各自上自己的单位去。亚明虽然被勒令停止工作,交代问题,但是还得每天去接受劳动改造,拉大板车。

天断黑的时候,亚明才收工回家。岳母从锅里端出一碗饭,递给他说:"阿莲晚上还要开会,吃过就走了。你吃完洗个澡,一定很累了,早点休息吧!"

他拿起热水瓶,把水倒进饭里,三口两口就进了肚子,写不完的交代、检查!明天又是交检查的日子了!他走近自来水龙头冲了个冷水澡,就坐到画案边,研起墨来。

自被造反派揪出后,作画成了罪行,且被勒令两天作一次交代,三天接受一次批斗检查。从第一份交代起,他就使用毛笔来书写。只要一握起笔来,他就能进入一种良好的创作状态。天荒地老,艺术不老,人民喜欢的东西,决不会因强力摧残而灭绝,既然劳动创造了艺术,劳动存在,艺术就有永恒的生命,摧残艺术只是暂时的现象,待国泰民安了,艺术还会像野火烧过的春草一般蓬勃而起。他坚信,这个日子一定会到来的!这是不让笔墨荒疏的好机会。他一点也不感到写交代检查、思想汇报是个苦役,反而成了他练笔的快事!

墨磨好了,铺上纸,他又忘记了世间的冷暖烦难了。他正在创作"罪

第八章 斯人已去

行",尽情挥洒笔墨,门上突然响起了擂鼓般的踢门声,伴之恶狠狠的吆喝:"开门!开门!"

笔从他手里滑落下来。造反派夜里来抄家,这是他始料未及的。他最惧怕的也是这个。他在南京有个"百壶公"的雅号,说来还有一段故事。

1955年,江苏省政府外事办接待了一位来自社会主义兄弟国家罗马尼亚的陶瓷专家,他是专程来江苏研究、考察宜兴紫砂陶的。省府派亚明陪同罗马尼亚专家去宜兴。一路上,他们询问有关紫砂陶的情况,可是从县里到陶都丁蜀镇分管陶瓷生产的负责人,以及陶瓷厂厂长、老艺人,他们既不知道紫砂陶的历史、演变、发展经过,也说不出这里曾经出现过哪些紫砂陶工艺制作名家和名品,更说不出各家作品的风格特点和他们在艺术上的地位和价值。这使亚明感到很尴尬。我们能创造出如此精美绝伦、享誉世界的紫砂陶艺术,人家外国人还万里迢迢专门来进行研究,我们自己对它却缺少研究,甚至一无所知,这不叫外国人笑话吗?从那时起,他就开始查询、搜集文献资料和实物资料,走访艺人,向国内外的陶瓷专家、古文物专家请教。三年中,他大海捞针般搜集到了大量资料,深入到陶厂的车间工人中去调查、核对。用画去换,节衣缩食用钱去买,他搜集了三十七件历代名家的茶壶和陶钵、陶罐等名作,基本上搜齐了历代名家的作品。这些作品,代表了紫砂陶艺术不同时期的风格、特征,也体现了紫砂陶工艺的历史、演变、发展过程,是中华民族紫砂陶艺术的一部历史。他因此得到了"百壶公"的美誉……

门在拳打脚踢中呻吟。亚明向陈列着紫砂陶工艺品的博物橱扑了过去,伸开双臂，像母亲护儿一般疼爱地抚摸着它们。每一件作品，不都是一个传说，一个他对中华民族传统艺术苦恋的故事吗？他流了许多血汗收集的这些民族艺术珍宝，还能保存下来吗？他哭了，泪水潸潸而下。

他跪着，见他们拉来三辆大板车，车上放着篾箩筐，眼睁睁见着他们把他费尽心血搜集的紫砂陶工艺品，历代书画作品和宋版《三国志》、明版《长庆集》《孝子经》，还有很多线装书从他面前拉走了，他只能目送着它们，在心里回想着和它们相聚的因缘和它们相依相伴的乐趣，默默和它们道别。

后来他才知道，拉走的那些紫砂陶工艺品中被砸碎的多半价值不太高，名壶都进了那些常到他家来、听他说过它们价值的人的口袋。

天刚蒙蒙亮，他就被机关里的造反派押到了机关大院。

接着，他被造反派们赶着去游街，还要一面散发刊有"打倒江苏美术界大恶霸亚明"和"把亚明的黑画揪出来示众"的传单、报纸。

这些传单、报纸中的有些话，的确出自他之口，但那是在一定的具体环境中说的呀，他们把它断章取义了……

这些"罪行"，就足以置他于死地！他头上戴着令人笑痛肚皮的茶壶高帽，手里在散发声讨自己的传单。这越发使他认为这场运动是指鹿为马的政治迫害！

何时回到家里，他自己也不知道。他只感到浑身像散了架似的，躺在床上起不来了。孩子们围在他身边，问他是否病了？他摆了下头，强作笑容说："我累了，歇会儿就好了。"

他们退出去了,老岳母还招呼两个孩子:"别说话,让你爸爸睡一会儿。"她就关上厨房的门,烧晚饭。女婿的工资早就停发了,只给20块钱的生活费,一家生活紧巴巴的。老太太舍不得女婿受委屈,总要让他吃饱。

　　晚饭刚做好,如莲心急火燎般进了家,问:"老亚呢?回来了没有?"老太太示意他在房里。她丢下提包,跑到房里,蹲在床边,轻声地问:"老亚,你没事吧?"

　　亚明摇了一下头。

　　"我都知道,别放在心上。"

　　亚明淡淡一笑,说:"没事的,放心吧,任他们作践吧!我难过的不是那顶'别出心裁'的帽子,而是我花了多年心血搜集到的那些珍贵的艺术品和宋版、明版书!这些是多么珍贵的文化遗产啊!它们在我们这一代手中毁掉,我们对得起祖先吗?"泪水又从他眼里流了下来,"我受多少委屈都不要紧,如果能保住它们,留给后世,就是用命去换,我都舍得呀!"

　　"哎呀,你就别再去想它们了。这几天,到处都在焚书烧画,火光冲天,我们歌舞团的戏装也都烧了。不是你舍不得就能保下来的!"她伸手把他拉了起来,"走,吃饭去。"

　　饭没吃到一半,刚修好的门上响起了两下轻轻的叩击声。亚明立即放下碗去开门。高二适站在门口,亚明什么也没说,连忙把他拉进屋,"可有人盯梢?"

　　高二适摇了下头:"我趁人不在意时从家里溜出来的。"

亚明把他扶到画室里,愤怒地说:"你看,都抄光了!"

"身外之物,要它做甚!"高二适在一张方凳上坐下,"保住身家性命,才最最重要!这是我今天冒死来看你要说的一句话!从历代王朝来看,凡奸臣当道总是短暂的。我们的苦难不会太长的!不管经受何种委屈侮辱,也要咬咬牙忍受下来。这不是你一个人的苦难,是国家、民族和我们这一代人的苦难!在这种时候,坚强地活下去,就是强者!"他突然悲哀地叹了口气,"老舍自杀了。"

亚明的眼帘垂了下来。他是1959年去北京为中国革命历史博物馆画杜甫诗意图时认识老舍先生的。老舍为人随和可亲,博学谦虚,说话风趣,特别熟悉北京市民和宫中趣事。老舍和他谈自己的身世,谈自学成才的甘苦。亚明觉得,听老舍先生谈话不但学到很多知识,还是一种美的享受。后来他每次进京,都去看望老舍,老舍先生同他见面常说的第一句话是:"你来,还是老规矩,一壶茶,两包烟,喝足抽空散摊。"

老舍先生喜爱中国画,收藏了大量的现代、当代画家的作品。最多的要数齐白石的了。老舍夫人胡絜青是白石老人的弟子。有次,老舍先生拿出几轴白石老人的画给他看。一幅四尺长条,纸上画了半条鱼,头朝下,无尾巴;另一幅长条底部也画了半条鱼,有尾无头。老舍先生问他:"你看这是啥意思?"

他摇摇头说:"不知道。"

老舍先生笑笑说:"老先生很有意思吧,他并非看重银子。"又指着另一幅,画的是一个小花脸的不倒翁,说:"你看上面字,'头上纱帽在跳舞呢！'题得多好！"

有次老舍先生拿出白石老人的一幅朱砂蟹，画上蟹的爪子弯了七八下。老舍先生说："我想老人的朱蟹，就上他那儿说，'齐先生，我又得了稿费哪，今儿我请您上曲园。'老人乐了，我就乘机求朱蟹，齐先生提笔就画起来，大概老人想到要进湖南馆子曲园，就多弯了几下吧！"他们大笑起来。

20世纪60年代初的饥荒年月，他每次去，老舍先生都要请他到翠华楼或砂锅居吃一顿。他一般都是上午十时去，见面老舍先生就乐了："你来得正好，我肚子没油水了。现今无事不好进馆子的，借着你来，我们上翠华楼狠狠吃一顿。咱们多叫些菜，再带些回来，这下就开两天荤了。"

老舍先生从不向他索画，他每有新作，进京总带去送老舍先生。这样一位忘年友自杀了，他怎能不悲痛！泪水扑簌簌地流了下来。

"我要走了，被人看到，我们都要遭殃。"高二适起身告辞，"学校都不上课了，别让孩子荒废了学业，我还藏起了一本《古文观止》，我来教他们。"

亚明还沉浸在哀痛之中，见高老要走，点点头，一句话没说，起身把他送出了门。

亚明的面前又浮现出老舍先生那慈祥、生动的面庞。他那宽阔的额头闪现出隽永的智慧，他的面纹里流淌着才华，他正和他面对面地交谈。

他霍地站了起来，用袖头揩揩泪水，坐在画桌边，扭亮台灯，铺上一张宣纸。毛笔在他的手里飞舞起来。不一会儿，一张老舍先生的速写遗像栩栩如生地出现在纸上。他在右上角题了"为了忘却的纪念",下角题写了屈原的《橘颂》,然后将其放到台灯下烘干了,叠成小方块,用纸包了一层又一层,再裹上塑料纸,藏在阳台上一只弃之不用的破火钵里的灰下边。

第九章 拯救与被拯救

一

1966年,亚明进了在高资乡下一个蚕场办的"五七干校"。名曰"干校",实则劳动农场。他们这些"专政对象",边接受批斗、审查,边种菜、养猪、养鸡。亚明自愿请缨种菜。这并非他有种菜经验,也非种菜劳动轻,而是他认为鸡、猪这些活物容易生病,倘若发了瘟,就要被指控为破坏生产,罪名非同一般,种菜也许好一些。

种菜,也非一帆风顺。刚刚发芽,就遇上连阴雨,白菜最怕雨淋,包心菜也一样,大片大片的菜根烂掉了。亚明敏感地觉察到造反派们要从菜上找由头斗争他了。他就去村里把几位有经验的菜农请来看他的菜。只要他们说是水浸坏的,造反派就不能说他有意破坏生产,他就能少受一次皮肉之苦。他以小学生的诚恳态度请教说:"老大爷,我这菜不知是怎么回事,大片大片地死了?请给会会诊,看看是什么原因。"

他们不假思索地异口同声说:"这是雨淋的,可你的菜比我们的还好得多，我们的菜根都烂完了。"

正在这时，拎着木牌来揪斗他的造反派赶来了。菜农们一看木牌上写着"打倒破坏生产的牛鬼蛇神亚明！"就立即明白了他请他们的用心，装着什么也没看见大声地说："这鬼天，把菜都淋化了！老亚，你的菜比我们种得好，有什么好经验说说！"

造反派见此情景狠狠地丢下一句话："我们没有菜吃，你要承担全部责任！等着瞧！"无可奈何地拎着木牌走了。

为了看菜，亚明在菜地中间搭了个草棚，离村有三百多米远。他在棚前平了块两米见方的地，歇息时，就蹲在棚前，用柳枝在地上作画，望到有人来了，就用脚把画平掉，没人的时候再画。晚上，他在马灯下用毛笔抄写《毛泽东选集》，整本整本地抄，就是被人看到了，他抄的是"毛选"，谁敢批他。他已坚持一冬了。他十分珍爱这个小草棚子，它犹似远航的船只躲避风浪的温馨的港湾，海鸥歇息翅翼的桅杆。独自一人回到这儿，他就会忘记一切侮辱和磨难，沉浸在对艺术的依恋境界。

在这个小港湾里，他常常忧虑江苏书画界其他人的处境，特别是傅小石。

亚明喟然一声长叹。一个多么难得的奇才！好久不见小石了，也没有小石的消息，他不会出什么事吧？朦胧的雾气中仿佛浮现了傅老的形象。他在对他苦笑。待他睁大眼睛想看看真时，又不见了！百般滋味又泛上了他的心头。

一个寒冷冬天的下午，亚明正在田间干活，几个不怕冷的孩子在塘边玩耍，还有几个造反派在屋檐下晒太阳监视他。

一个多么宁静的冬日啊！

"有人掉水里了！有人掉到水里去了！"

突然，池塘边传来了两个小孩的惊呼。亚明丢下锄头就往塘边跑。在屋檐下晒太阳的造反派不知何时溜进屋里去了。菜地距塘边有段距离，待他跑到时，那个落水的孩子已没力气挣扎了，他顾不得脱衣和鞋袜，就往冰水里一跳，把小孩抱起来，放到塘边，大声问："谁家的孩子？"

听到呼救声的老乡们，都从屋里奔了出来，围到塘边上。落水孩子的父母接过孩子，千恩万谢。

这时，造反派们从屋里出来了，为首的"排长"宣布说："马上召开现场斗争大会，揭穿反革命分子亚明又一花招！"他站到台阶上，大声疾呼："革命的贫下中农同志们，你们千万别上当，不要被牛鬼蛇神耍的花招蒙蔽了！"

亚明浑身湿透，衣服上的水直往下淌，嘴唇冻得发紫发乌，牙齿哆嗦着在互相碰撞。他说："我请求准许我回去换下衣服再来接受批斗！"

"不行！"造反派"排长"蛮横地大声斥责着，"这就是罪证！"

他冻得牙齿直哆嗦，脚下已是水一摊了。斗争会结束的时候，天已黑了，寒风凛冽，他外面的衣服都冻硬了，像盔甲一般。他瑟瑟抖抖回到栖身的窝棚，换掉湿衣，坐进被窝里，却怎么也暖不过来，浑身冷得还在打战。他想睡一会儿，却怎么也安宁不下来。突然，有脚步声由远而近。他竖起了耳朵。夜这么深了，难道斗得还不过瘾？还要继续批斗？

可那步子又不似造反派们的，他们的脚步肆无忌惮、骄横、傲慢，这步子很轻，还有些怕惊动了村狗和土地的怯怯感，脚步声停在草帘外了。

"老亚，你睡着了吗？"

"谁呀？"

"我呀。"

是老乡的声音，他滑下草铺，点亮灯，取下草帘。

落水孩子的父母弓身走了进来。男的手里端了碗挂面，上面盖着黄澄澄的油煎荷包蛋，女的手里端了一小碗蒸熟的腊肉。

"你还没吃饭吧，趁热吃了吧！"男的把碗送到他手里，女的把腊肉放到他铺边的小木台子上，说："多亏了你，要不我那孩子就没命了！真不知如何谢你了！"

他反倒有些不好意思了，连连摇头，说："哪里话！哪里话！"他把接在手里的碗往回推着，"这不好，还是端回去好……"

"呃！哪里话！"他俩硬是把面碗捺在他手里，"你若不吃，比打我们骂我们还要叫我们难过呢！"

他被他们的笃诚感动，不再推让了，捧起碗，大口大口吃起来。鸡蛋挂面并非什么美味佳肴，可他觉得它赛过世间的一切美味。

他刚吃下面和腊肉，又有脚步声朝窝棚来了。这次的脚步声传递出自信和坚定。他的心不由又提拎起来。

"老亚，你出来！"

他很快辨别出来人是村里大队民兵营长和生产队长。他们为什么来找他，他又做错了什么事吗？"来了，来了！"他连连应着从铺上滑下来，揭掉帘子，谦恭地站在他们面前问，"请问有什么事要我去做？"

"没什么事，我们来看看你。"队长给他吃了颗定心丸。

"你今天救了我们贫下中农的后代，"民兵营长一脸的严肃，"我们很感谢你。我们不理解的是你反而挨了批斗，这不正常，你们中有坏人，你要当心！"

他不知如何回答他们好，连连应着："对，对，是有坏人，坏人就我们几个，其余的都是革命造反派。"

"不，"民兵营长语气坚决地说，"你们几个是革命干部犯了错误，不是坏人，不是坏人！你别怕，我们会暗中保护你的！"

我们是干部犯了错误，不是坏人，不是坏人！这是一个民兵营长说的！他感动得什么似的。这更坚定了他的信念，颠倒黑白的日子不会太久了！他又情不由己地在心中吟起了打油诗：

麦苗形似草，
风吹亦弯腰；
冰雪青未了，
春来节节高。

他渴望春天！春天！从这天起，他种菜或上镇购物回来，被子里总捂有乡亲们送的吃食。每当他吃着他们偷偷送给他的腊肉糯米饭、挂面鸡蛋、葵花子，他的心就热乎乎的，眼前也闪现出明晃晃的亮光，似乎也听到春的脚步声了。

二

亚明在干校一待就是五年。

五年的岁月是漫长的，于他来说，犹如孙悟空之老君炉，炼得火眼金睛。他也更加看清了这场运动的实质，目睹了各色人等的出色表演。他编了个顺口溜："'文化大革命'是大舞台，什么人物都走上来，什么角色自安排。"

林彪反革命集团垮台后不久，军代表告诉亚明："你的问题已清楚了，你可以放下包袱开动机器了！从今天起，你就可以拿起笔来去画工业学大庆，农业学大寨了。"

一天，省革委会的军代表把他找去，沉着脸说："我负责文化工作，'扬州八怪'画过许多画吧，我去过扬州，他们不给我看哪！什么话！"

亚明知道这位军代表把"扬州八怪"误为一个人了，解释说："'扬州八怪'是后代人对清代康、乾、雍年间在扬州出现的一个革新画派的统称。"并随即向他介绍起这个画派的风格、代表人物。

军代表点点头说："看来你对绘画很有研究，是否可以帮助我作些了解？"

亚明立即应着："好，有什么要求？"

"你去扬州摸一摸、查一查，看还有哪些画在？它们是否完好？质量如何？回来告诉我。"

军代表当即指示秘书给车队打电话，给亚明派了一部车子，并给扬州的革委会蔡主任写了一封信。

到了扬州，蔡主任看了信后，对亚明说："好的，好的，这个事要搞的，你要找什么，我给你打招呼。先到招待所住下来。"随即叫秘书把亚明带到招待所。订好床铺，亚明就请秘书回去，"不用再麻烦你了，我自个儿去找要找的人。"

那位秘书刚转身，他就叫车子开到老熟人、扬州博物馆老专家朱笠苏家。

朱老运动初期就被打成"牛鬼蛇神"，一直待在家里。亚明的出现，使他大吃一惊："你怎么来啦？"

亚明笑着说："我现在没事了。"他说明了来意，"你们藏的画子，'扬州八怪'的画子，都还在吧？保管得如何？"

朱老哭丧着脸，摊开双手说："我是'牛鬼蛇神'，哪敢沾边呀！"

亚明安慰他说："我这次是奉了省革委会军代表的旨意，又有你们这儿蔡主任的指令，你别害怕，带我去见你们的负责人。"

"好好好！"

亚明把朱老扶进车里，开到博物馆。博物馆的负责人已接到了文化局的电话，说省里来人了，要看藏画的损坏情况，早就等在门口了。他们允许朱老陪亚明进库房查看。

推开库房的门，一股霉烂的气息迎面扑了上来。一查看，百分之九十的书画藏品都霉烂了。亚明和朱老心疼得什么似的，连声"唉呀唉呀"地叹息。

"那张《三秋图》呢？"亚明问，"那是李复堂（李鱓）最好的一张。"

朱老说："《三秋图》应该还在呀！"他打开一只木箱，拿了出来，"哎呀！霉成这个样了！"

亚明接过展开，不由又心疼得不得了，连声说："怎么糟蹋成这样！太可惜！太可惜！"

朱老无可奈何地摆摆头："郑板桥的梅竹呢？"

"烂掉了！"

亚明又问："黄汉侯老先生还在吗？"

朱老喟然长叹一声说："黄老最惨，简直要去讨饭了！"

黄老是刻微雕的民间老艺人，他能在一块小牙牌上刻《出师表》《后出师表》。亚明不由一阵难过，他怎么潦倒到要讨饭了？这是一个机会，他得抓住这个机会救出几个老艺人来！看完画子，他叫朱老带路陪他去看黄老。

黄汉侯破衣烂衫，精神萎靡得像棵晒干了水分的蔫草，头耷拉着，眼泡肿胀，目光混沌，已认不得亚明了。朱老对他说："老亚来看你呀！"

他仰起头，抬起昏花的眼睛，盯着亚明的脸看："哪个老亚呀？"

"我是省美协的亚明啦！到你家来过好多次呢！"

他这才想起，连连点头："是你，是你，你还记得我？"泪水不禁潸然而下，抽泣着说："我惨哪！惨哪！我没想到我会穷得饿饭哪！"他像一个受到外人欺侮突然见到家里亲人的孩子一般，边用衣袖揩抹泪水边哭诉着，"牙牌都被抄走了，就剩一块了，我到处藏，才留下来。"

亚明想了个帮助他的方案，安慰他说："你坚持坚持，船到桥头自然直。"

他呜咽着："开不过来啊！"

"你把留下来的那块牙牌交给我，"亚明说，"我带回南京，给你想想办法！"

回到南京，亚明到家只休息了一会儿，就找军代表去了。他把扬州古画霉烂受损的情况一一向军代表作了汇报，并把带回来的几个霉烂的物件给他看了。

"啊！"军代表也很惋惜，"还有多少？没都烂吧？"

"还有部分未烂，大约百分之二十到三十。要抢救呀！不及时抢救就要全部烂掉。"他搞不清军代表为什么要关心"扬州八怪"的画，但已无暇顾及。

军代表却立刻作出了反应："你再到扬州去一趟，看看能否抢救，能抢救多少是多少，需要多少钱，作个预算，再预计一下抢救时间，写个报告给我，交省委讨论一下。"

亚明还想救艺人，裱画的艺人都没活干，和黄汉侯一样，饭都吃不上，他马上应着："我明天就去。"说着从袋里拿出那块牙牌，"还有件事要向您汇报。"

"什么事？"

亚明把牙牌递给军代表。军代表左看右看也不明就里,问:"这是什么东西?"亚明就跟他解释什么是牙牌,什么是微雕:"刻牙牌的艺人很少,全国也找不到几个,要培养一个这样的艺人很难哪!"

"这个人现在什么地方?"

"就在扬州啊!"他回答说,"还健在,只是生活非常困难,家被抄空了,就剩下这块牌子了。"

"你看怎么办?"

"他原来工作的单位已冲垮掉了,能否在文史馆给他安个位子,每月给他六十元生活费,先把人救下来。"

军代表很爽快地答应说:"好。"

亚明二下扬州,落实了安置黄汉侯的问题,又到博物馆找革委会主任和朱老,请他们搞一个抢救"扬州八怪"作品的方案及预算。

预算很快出来了,需要十六万元。

亚明回到南京,拿着预算报告,就去找军代表。

军代表认为十六万数字太大,要研究研究再说。没过多久,这位军代表出了麻烦。那个预算落了空,只救出了牙牌艺人黄汉侯,裱画艺人都没有得到救助。

经过几年的折腾,绘画艺术像被严霜打过的春花一般,枝叶凋零。亚明想唤醒那些被狂浪打蒙了的画家,重新拿起画笔。他提出举办省美展。

这个动议得到了认可。可预展审查却遇到了麻烦。曾经几次率人抄他家的那个造反派,现在是他的顶头上司,省文化局革委会的副主任。此人对亚明举办的美展故意刁难说:"你这个展览有严重的政治问题,重大的原则问题!"他气势汹汹地指着迎面墙上的溧水县(今南京溧水区)文化馆干部画的一幅画,说人物画得很有问题。

亚明从心底里就瞧不起他,当即拉下面孔说:"白头发向后梳的老干部多得很,为什么非要把画上的人物说成是有问题的呢?不下!"

他像抓到了什么可以置亚明于死地的把柄似的,大声吼了起来:"你说不下?"

"我说不下!"亚明以同样的高声回答。

正在这时,省委领导彭冲和宣传部部长戴为然进门了。亚明抢在他前面把他们引到那张画前说:"这张画是歌颂老干部不断革命的精神,有人说这个人物画得有问题。"

"没有啊,没有!"彭冲连连摇头。

这样,这张画才得以保存下来,画的作者才没因之被打成反革命,画展才得以顺利进行。

不久,亚明向省委建议,重建画院。省委同意了他的建议,并指令由他负责重建工作。但有人从中作梗,意见纷纭。有人认为建立画院就应该收进所有的画家,有人又要求国画和西画分开。他倾向恢复国画院,省委支持了他的意见。他推荐钱松喦当院长,领导定下他和宋文治任副院长,他兼管党内工作。

重建画院,阻力重重,他没有被吓倒。为培养江苏绘画艺术的接班人,报经省委同意,他负责从全国各地的插队青年、社会青年中挑选了十几个有才华有理想的青年人作为学员，摒弃普通培养方法，根据他们的不同个性和兴趣，有重点地安排他们的学习课程，使他们各自的才能得到充分的发挥。

凡是有些能耐的人，都有点个性，也不太安分。攻讦诽谤又风起云涌了。"亚明把流氓小偷、坏分子都招进来了！"

画院设在旧总统府，即过去洪秀全的西花园、两江总督衙门，当时是省革委会所在地。1960年招的学生也是在这里培训的。那时陈毅副总理来视察，听了亚明的汇报后，曾紧紧握着他的手，激励他培养三十人，只要有一个成功的，就是伟大的成绩！那批学员中的秦剑铭、萧平、章炳文、卢星堂、张德全、金大雪等都已是有相当成就的画家了。这次招收的孩子们，也在这里学习。这批学员虽然给亚明带来了许多麻烦、是非，但他们没有辜负他的希望，许多人后来都成了很有成就的青年画家。在国际国内画展中不少人荣获了金奖。

下放在浙江农村的陈丹青，父亲是"右派"，祖父是国民党军官。他虽有绘画才华，却无以展才。他给亚明写信说："人家告诉我，只有找你，说你爱惜人才。"并寄来了他的一些习作。

亚明一见陈丹青的作品，就爱得不得了，见人就称赞："一个奇才！一个奇才！前途无量！"一心想把他搞到画院来。亚明找领导，领导批评他："你这人怎么没有一点阶级观念？这种出身的人怎么能要？你该接受过去的教训了！"任他怎么说就是不松口。他费尽了心机，也没有达到目的。没有办法，只有退而求其次。他想办法把陈丹青调到南京郊区，收在一个文化馆里，使他有了起码的工作条件，又鼓励他报考了中央美院。他是好青年，可亚明一位老战友嫌他的出身不好，反对自己学画的女儿和他相爱。亚明多次去做老战友的工作，说："陈丹青是个非常有才华有前途的青年，选女婿不是选家庭出身。出身无法选择，前途可以选择。"最终，两个相爱的年轻人终于如愿以偿了。美院毕业后到美国去深造，他俩在美国举办画展，在展厅门口挂着一面鲜艳的五星红旗。

三

1976年，对中国人民来说，是个灾难之年，悲痛之年。周恩来、朱德、毛泽东这三颗照亮中国大地半个世纪的最明亮的巨星先后陨落。震惊世界的唐山大地震也发生在这一年。

但这一年又是中国人民命运的转折之年，新生之年。10月6日，党中央一举粉碎"四人帮"。消息传来，老百姓犹似过节一般，全国城乡，鞭炮和酒在几天之内销售一空，长街上犹如春雷滚动，轰轰隆隆，噼啪之声，经久不绝；饭桌上觥筹交错，举杯相庆，人们脸上流荡出喜色，那种抑制不住的光彩，就像冲破阴霾的阳光，格外耀眼灿烂。

亚明吃早饭时从广播里听到这个消息，兴奋得推开饭碗，就推出自行车，飞也似的出了门。他要把这个消息第一个告知林散之先生。

……那年，林老被造反派遣送回原籍。六年后，省委同意重建画院，亚明顶风蹬自行车到乡下去接林老。

林老对他说:"我已万念俱灰,苟延残喘罢了,文房四宝被抄走,那块先贤的砚台也不知下落,我也不想再惹麻烦了!"

亚明在纸上写道:"您千万别灰心,我不又来办画院了嘛!世上的事瞬息变幻,唯有艺术有着永恒的生命。我们这些艺术的信徒们,不以物喜,不以己悲,唯以'先天下之忧而忧,后天下之乐而乐'自励。林老,您有责任多给后世留下更多的艺术珍品,人民会永远记得您这位艺术家,感谢您为人类创造了美好的诗、书、画!"

此后亚明帮助林老解决生活上的实际困难,终于使林老回到了南京。可这些年,他们仍然是不能画自己喜欢的画,写自己喜欢的字,知识分子仍然是罩在玻璃罩里的蝴蝶,看着一片光明,可飞不出去。动不动还要挨批。现在"四人帮"倒台了,林老可以写自己之所想写,画自己之所想画了……

亚明使劲蹬着车,不一会儿就到了林老门外了。他没进门,扶着车子喊林老的儿子昌午。昌午应声出来了。他问他可听了广播,昌午摇摇头,他就把这个特大喜讯告诉了他,叫他转告他爸爸。接着又马不停蹄地给别的朋友们送喜讯去了。

在高二适家,高二适激动得拿出一瓶酒,拔掉瓶塞递给亚明说:"我早就说过吧!顺民意者昌,逆民意者亡!这不又兑现了!喝!"

亚明接过来,仰脖喝了一大口,就递回给他说:"我要走了,不能多谈,晚上请上我家就四蟹佐酒!"

"好,我一定去!"

亚明抑制不住心底的兴奋,感到有种松开捆绑的舒畅。

…………

又一队欢呼粉碎"四人帮"的队伍敲锣打鼓过来了。他一手扶车把,一手举了起来,和他们一同高呼起口号。

蘸着仇恨的墨,挥着狂喜的笔。四只就擒的蟹,三公一母,有仰有卧,僵尸一般躺在纸上。他在右上题了三字"佐酒图"。伫立凝视,四只被擒的蟹,他们曾经是怎样地张牙舞爪,横行称霸啊!若不是他们很快被擒拿了,恐怕自己就要被他们擒拿了!多么可恶的丑类!多少正直的老干部知识分子因他们张狂的魔爪致死!多少人绝望丧生!他的眼前幻化出老舍和邓拓的面容,这第一张画要作为供品祭奠浩劫中丧生的两位友人。

他放下笔,拉开门,走到阳台上,从一大堆杂物下找出火钵,从灰中找出了那张老舍的速写遗像,用图钉固定在墙上,又从厨房的烟囱中取出邓拓的诗幅,把它和老舍的画像并排挂在一起;又搬来火钵放在画像和诗幅面前,把一瓶酒倾洒在地上,划着了火柴,点着了《四蟹图》,看着四蟹在火舌的舔蚀下慢慢缩卷,化为灰烬。泪水顺着他的眼角在倾泻,眼前又出现了他们的音容笑貌,他低声对他们说:"舍先生、邓公,猖獗了十年的一伙人被粉碎了,愿你们安息地下。"

他独自哀悼了他们一会儿,又回到画案边,重又拿起画笔。

他不停地画，仇恨和喜悦，顺着笔流泻，宣泄，他要宣泄……一张又一张，同样的四只被擒的蟹，一气画了一百四十张。

"老亚！"有人唤他。他这才从一种忘情的状态中醒过来，"啊，高老！"

高二适举着一瓶酒说："就拿这些死蟹给我佐酒啊！"

"刚刚蒸熟！"他从地上捡起一张递给他，"这幅送给你！"

高二适放下酒，把《四蟹图》摊放到画案上，品赏了一会儿，从亚明手里接过笔，在画的上方空白处连题诗两首：

　　蟹势横行恼画师，
　　持螯载酒醑之宜；
　　依前风味销残霸，
　　看煮虾红入口时。

　　近传妖孽四人帮，
　　一线围攻蟹满筐；
　　天下何人敢援手，
　　当时京兆未为郎。

"好，好，好！"亚明伸出拇指连连称好。

朋友们陆陆续续来了，又走了，见人一张《佐酒图》，有的当场题诗，有的当即跋韵，画室里洋溢着喜庆的节日气氛。林散之先生一口气题《惊创》诗十九首……

亚明放下笔,天已微明了。他斜倚着靠椅,轻轻合上眼睛,想假寐一会儿。可他很快又睁开了眼睛,注视着窗外的晨曦在变明变亮,玻璃窗在不觉中映出了橘红的霞光。他突然感到浑身又溢满了活力,站了起来,迎向窗口,伸出双臂,做了个展翅的深呼吸动作。

第十章　再温旧梦

　　中共中央十一届三中全会改革开放的春风，吹绿了中国大地，吹活了中国的经济，给中国的振兴和富强带来了辉煌的前景。中国画这枝民族艺术的奇葩也迎来了一个繁荣的新时期。艺术家在宽松的环境中自由创作、竞赛和讨论，中国画坛空前活跃。画家队伍迅猛壮大，优秀之作犹如春花般竞艳吐芳，大都市的画店、画廊也像雨后春笋一般出现。随着国际间文化交流日益频繁，大量的优秀中国画作品走出国门，到世界各国展览。外国的艺术馆、收藏家都以收藏传统的中国画为荣，画价不断上升。国内的博物馆也都争相珍藏。中国画的展览会各地都在举办，中国画集、绘画工具书和中国绘画教材大量出版。优秀的中国画作品也成为国家领导人出访的珍贵礼品。中国画坛一片明媚灿烂。

　　欣逢盛世，亚明也变年轻了，他像一个充满青春活力的小伙子，活跃在中国画的画坛上。他不断地被邀出国办画展、讲学。他从不放过一个弘扬中国五千年历史文化的机会。与国外艺术家的交往触发他思考着一个问题：西洋画可以表现世界不同国度的风物人情，也可为中国的画家所用，中国画为什么不能为世界画家所用，表现异国风情？他相信有那么一天，中国画一定会成为世界公认的一个画种。他利用一切外访机会来作这种尝试。1978年，他出访巴基斯坦时，就尝试作过四十幅画。1983年9、10月间，他参加中国人民友好代表团出访北欧五国，顺访西德和苏联，又以中国画的笔墨技法创作了一千多幅作品。这批作品首展在亚明故乡合肥的稻香楼举行。正值安徽省人大、政协会议期间，受到了故乡领导和人民代表、政协委员的称赞。继之在安徽画廊展出，又受到故乡人民的欢迎。接着，中国美术家协会和中国人民对外友好协会在首都劳动人民文化宫大殿，为他举办了"亚明北欧五国写生作品展"。

这次画展规模相当宏大。出席开幕式的有杨尚昆、王震、习仲勋、彭冲、谷牧、方毅、马文瑞、蔡若虹、华君武、李可染、刘开渠、古元、丁玲等党和国家领导人以及美术界、文艺界的著名人士一千多人。彭冲和挪威驻中国大使为画展开幕剪彩。《人民日报》《人民日报·海外版》《光明日报》《瞭望》《中国青年报》《北京晚报》等都报道了画展的空前盛况，刊发了亚明的作品和对亚明作品的评论文章。《南京日报》在画展结束那天也刊发了画展消息。他以中国画笔墨写异国风情的尝试受到了广泛的好评。

正值这时，中国美坛上刮起了一股诋毁中国画、要打倒中国画的风，而且大有山雨欲来风满楼之势。

"打倒中国画"的口号，在中国美术史上已出现过两次了。

第一次在五四新文化时期。西风东渐，国内大量开办西画学校，画人纷纷出洋留学，学习西法。有些名人撰文，对中国画提出非议。但鲜有和者，影响不大。1947年有人在上海《新闻天地》上刊文，论证中国画已毫无生命力，必须打倒。但对当时画坛没有产生什么影响。

第二次出现在新中国成立初期。领头的是个别党在文艺界的领导人，影响也不大。

这第三次却发生在改革开放的新时期中。

亚明冷静地分析了这次否定国画思潮产生的原因。有些年轻的画者大多成长在动乱的年月中，冗长的内乱、艺术的单一形式和空间，致使他们没法接触真正的艺术，他们对优秀的中国传统绘画艺术不得而知，五千年光辉灿烂的文化在他们脑中是一片空白；加之西方文化的输入，构成了他们要否定中国画思潮的主客观基因。

1985年，中国美术家协会在山东济南召开代表大会。亚明是江苏代表团团长，上届中国美协的常务理事。会议期间，又被推选进主席团，参与大会领导工作。

大会召开之日，正是中国美术界最活跃之时。有些美术家提出了各种各样的主张，对中国画大加非议，说中国画陈腐、单调、简单、不科学、已僵化等等。因而只有取消中国画，中国的艺术才有光明的前途。

大会发言时，争论之激烈程度前所未有。而这场风波在会议结束后还

1997年，亚明周游欧洲。图为亚明在意大利罗马写生。

亚明在近水山庄作大型壁画。

久久不息。

不久，中国美协常务副主席、著名漫画家华君武来到南京，正在参加一个会议作重要发言。突然，跑进三位青年，要当场与他辩论国画的优劣问题。亚明主持会议。他站起来说："华君武同志正在传达领导指示，要辩论，散会后找我！"会场才平静下来。

会一散，三青年就把亚明围住，约定了辩论的时间和地点。

第三天一早，三位可爱的后生，气势饱满，神气十足，甩着齐肩的长发，信心百倍地走进了亚明的客厅。

亚明热情地接待了他们。问过他们的名姓。

他们彼此对这次舌战都是做了准备的。亚明先同他们闲聊起来。他把中国特有的天干地支、阴阳五行简单说了一番，接着又向他们举出我们语言中的两个口语词"地方""马上"说："我们常说某地方当局，某地方工业，到某地方去，某地方出了事故等等。说地方是错误的，大错特错。"

"为什么？"他们同声问着。

"地本来就是圆的嘛！古代人说说还可以，现在再说不就是知错不改吗？但何不称地圆当局、地圆工业、到某地圆去，某地圆出事故呢？再说'马上'，是古代人表达快速的意思。那时最快的就是马，所以一上马就快达，称马上就到。当今最快的是飞机，何不说'机上就到'，'车上就来'？"

亚明同他们"侃"了一番，接着转入正题。他把事先准备好的一些绘画印刷品拿给他们看。其中就有20世纪30年代中国画家模仿西方抽象派的作品和西方已过时的一些流派的作品。

他们看得出了神,继而惊奇地说:"老早就有啦?"

又一个问道:"他们后来为什么不再画下去?"

亚明又把在国外所见的最新式样的种种所谓的艺术作品向他们作了一番介绍。又说:"19世纪西方印象主义形成的过程中,就吸收了东方绘画艺术的许多技法。他们的作品因之注入了新的生命。"他列举了马奈《奥林匹亚》等印象主义大师的作品,都明显地受了东方绘画的影响。最后他又说到刘海粟、徐悲鸿、林风眠以及他们的众多弟子,"他们无不在国外研究过多年西法,无不学得过硬的西法功夫,堪称西法大师了。可到头来,他们又都提起毛笔从事中国画创作,而且还是地道的传统画。你们说为什么?"他不等他们回答又说了下去,"因为中国画是独立于东方的意象艺术,它属于我们民族独有的艺术。中国文化有数千年历史,在这个基础上可以开创出灿烂的未来。西方抽象主义中的变形、夸张,早在一千多年前的中国汉代就有了。西安茂陵霍去病墓出土的石雕就是证明,西方的抽象主义比我们迟了近千年呢!"

三位青年茅塞顿开,异口同声地说:"你若老早对我们说说就好了!"

"我早就说过呀,在哪儿我都是这么说的,我们要如何继承、发扬优秀传统艺术,如何吸取借鉴西方艺术为我所用。小弟们呀!民族美学千万不要轻视呀!更不能弃之不顾。我们学也是为了吸取其精华为我所用嘛!"

舌战成了他的独家演说,三位青年成了他的朋友。

中国画是中国的国宝之一,是中华民族的骄傲。亚明走到哪里就宣传到哪里。他利用出国讲学向世界人民介绍中国画的历史、画论、技法。中国画已为许多国家的人民接受和喜爱,许多外国的艺术家还学着使用毛笔和宣纸作画。在不远的将来,中国画将成为世界艺术家公认的一个画种,对此,他充满信心。

第十一章　　走向世界

一

　　亚明乘坐的东方航空公司的波音747-400客机，飞离香港启德机场，向南京飞来。秋阳拥抱着机身，天空碧蓝如洗，连一丝半缕淡淡的云絮都没有，飞机犹如翱翔在澄澈的海水中。出访时，他也是途经香港飞抵堪培拉的。这次是应堪培拉大学和悉尼博物馆的邀请去那里讲学，参加澳大利亚建国二百周年纪念活动的。这些年，他飞来飞去，曾率中国画家代表团出访过中国香港、巴基斯坦、美国；率江苏画院画家出访日本、新加坡；又随中国友协代表团出访过芬兰、挪威、瑞典、冰岛、丹麦、西德；又到美国讲学，到日本、新加坡举办个人画展；他被聘为香港《文汇报》中国书画专版主编。20世纪80年代初，他被选为中国美协的常务理事、江苏美协主席。他在中国画坛占有一席重要的位置。

　　亚明斜倚在头等舱右舷的临窗座位上。两个多月的异国旅行，留给他满身风尘和一脸的倦容。他微合着眼睛,似在假寐。不觉间,他感到时光在他脑海里缓缓倒流,一江春水,向他涌来。他的七本画集,一本接一本在他面前翻开,汇成了一幅源源舒开的长卷……

《问天》,定格在他的面前。

那是 1977 年的春天,他怀着解脱羁绊的喜悦,北上看望黄永玉、黄胄、李可染、李苦禅、许麟庐、周怀民诸道友。那时叶剑英元帅请画家们到"三座门"休息作画。十年的停歇,十年的压抑,郁积的情感,有如缄默得太久的火山,一旦爆发,就不可遏制。他的笔墨被情感的波涛所驱使,一幅幅巨制喷涌而出,《问天》《屈原》就是他这个时期的代表作。

那天黄昏,夕阳如金,染红了首都高高低低的楼宇。他久久伫立窗前,怀念起老友周怀民和邓拓,不由自主地来到大雅宝胡同。他行在人民日报社宿舍楼下,凝望曾经是邓拓客厅的那扇窗户。往事忽然潮涌般袭来,邓拓的音容笑貌又浮现在他脑海里。如今人去楼空,不觉悲怆满怀,难以控制。他像发了疯一般,几乎是跑回了宾馆,铺开纸,挥笔纵情于纸上,他先画了张《屈原》。画面上的屈原,独步汨罗江边,悲愤绝望,仰天长啸!君王啊,我忧国忧民,你为何不理解我这颗心?不理解我的一腔忠诚?他在右上边题道:"水咽汨罗!"

可他那颗悲痛的心仍不能平静,缕缕沉重的悲怆、愤恨还在咬噬着他的心。他又铺上一张四尺大宣,画就了这幅动人魂魄的《问天》——屈原怀抱被害的蝉娟,仰首直立画面的中央,顶天立地,怒目问天:蝉娟何罪?遭此荼毒?苍天哪,你有眼吗?为何不降罪恶人?……他取用极其简括的表现手法，横抹直写，笔势挺拔放纵，墨色淡浓相映，刻画了屈原这感情激荡的一瞬。他省去了背景和琐碎的衣纹、装饰，乘笔直取人物的心灵。屈原烈火般的愤怒，万箭穿心般的悲痛，横眉怒视，须发都连成了一片。蝉娟死了，面容似皎月般纯洁、美丽、坚贞……

当时他也被画面的浩然之气震颤了。它是图画，它是历史，它也是诗歌！蕴含着他那如火山爆发般炽烈的感情，抒发了他对美好、正直的渴望，对邪恶的厌憎……有人评论他的人物画："极有个性和追求，是他多年研究中西传统而不回避人世是非曲直的必然，也是他天性中热情的写照！"

画页在源源不断地翻过、流过，《峡江图》《峡江云》翻过来了。这是他几次壮游川江留在他心中美的烙印。这两帧巨幅作品也诞生在那年的北京。他采用的是繁密完整的高远章法，笔墨浓重淋漓，气势壮阔森严，似有范宽风骨，但气韵焕然一新。这两幅画，曾多次参加国际展览，得到外国同行的好评。

画页继续在他面前翻动，他的目光停留在《钟山晴日》上。这幅描写的是玄武、九华、钟山的合景。他采用的是纵横交错、超越时空的构图方法，使旧城古塔与崔巍的天文台现代建筑相辉映，垂柳轻舟对应着雄峙的峰峦和烟云，把"千古龙蟠并虎踞"的南京城的历史、风物巧妙地表现出来了。

他的目光移到《一山不与众山齐》上。这幅画的是黄山的雄姿。画中一峰突兀云端，笔墨简括，似石涛又不是石涛。

长卷继续在流动，一幅幅从他心灵深处震颤着跳出的图画，像一条彩带徐徐前移。他的目光落定在《得赫特拉山口》和《印度河山》。这一卷作品是他率中国画家代表团访问巴基斯坦时所得。画面上洋溢着浓郁的异国风情,他仿佛从中还能闻到浓郁的巴基斯坦泥土的芳香。

又一条彩色的长卷流过来了。他的目光从巴基斯坦转移到日本。他两次访问日本,一次是率江苏画院画家去名古屋、北海道、札幌举办画展,一次是应日中友协邀请到东京举办个人画展,并在日本出了画集。他的那张《红了樱桃,绿了芭蕉》在展出的第一天,就被人贴上了表明订购的红签。在日本,他留下了许多作品,被那里的美术馆收藏。他也创作了许多具有日本风情特色之作,和日本最著名的画家东山魁夷、高山辰雄、平山郁夫交流了画艺,建立了友谊。他还在东京美术馆看到了中国五代时期的两幅花卉作品和莫奈的《睡莲》,以及当代日本杰出画家的油画。临行时,他创作了《再见吧,富士山》。富士山,多少画家描绘过它啊!可它在他的笔下,活了,充满了勃勃生机。他着重描绘的是富士山的倒影和倒影上三两展翅翱翔的鸥鹭,给人以生命的召唤和宁静和平的意境。

又一本画册浮现在他的眼前,上面烫着五个金字《亚明近作选》。这本画册收进了他20世纪80年代初期的优秀之作。清风在翻弄着画页,犹如一个个美丽的特写风景镜头出现在他面前:《春风伴我行》《渔歌柳荫里》《水乡行吟》《山高自清凉》《晌午》《黄山莲花峰》《徐渭诗意》《荷花随水流》《野渡无人舟自横》《竹山水长流》《夜半钟声到客船》《藤娘》《鹦鹉》……他将联想的视觉汇入联想的过程之中,传达出他情感豪放的意象,使中国画特有的写意功能得到充分的表现,无不显示出他的神妙感悟。一位作家曾这样评论他的山水画:"他跋山涉水,几度壮游,或卓立黄山的云霭间,求天地之浩茫,或放目江湖中间渔樵之情衷,他情怀若积而得迸发,流筑水而成横流,因其情深沉远博而至作画,意境空阔幽深。表现手法洒脱清秀,大笔纵横,顺情泼墨,飞云烟动,毫丝缕析,左右上下兼顾,俯仰曲直同构,方圆互生,曲尽其体,交而成章,秀中见雄,奔溢洋洒。"又说:"亚明通大法,撷山川精英,解道物陶冶,知气度流行,物我而共化合一……"除了纵情,他还追求不拘一格。他不师一家,更不学像一家,他把梁楷和任伯年作为他人物画的伙伴,又请沈周、石涛来参谋他的山水创作。他从自然生活中捕捉活泼的面貌和新鲜气息,又不拒绝外来艺术的精华。他深悟出"中国画有规律而无定法"。

过来了,过来了!北欧五国写生的近百幅作品,争先恐后地浮现在他眼前。异国情调,他用中国画的笔墨创造的异国情调!

《奥斯陆晴雪》写的是挪威的一处景色。他运用中国画的传统手法在大面积空白上,以淡墨染出天空和水面,生动地表现了寒凝大地的自然景观和雪地的质感。采用干笔焦墨画出两组雪松,与大面积空白形成对称,显得分外和谐而又有生气。

啊,我又见到你了,《芬兰绿透》!他还记得他画它时的情景。代表团里就他这么个画家,代表团到哪里参观访问,他随身携带着速写本就画到哪里。那天,参观芬兰的乡村,他们站在平坦的村头,无边的绿色在他心中唤起了一种生命的震颤和美感。他被和平和宁静深深感动了。他拿起速写本,手飞动起来,迅速勾画出静穆秀丽的画面。远处,影影绰绰一片树林；中景，几头牛悠然自得地漫步在草原上；近景，一片空白，采用淡墨淡彩高调处理的手法，创造了一种诗的意境，不但给人们以朦胧、含蓄、清雅、深远的感受，还富有一种装饰趣味。

啊，《秋云高高》！他为这幅画别具一格的构图倾注了心血。他在五分之四的画幅上，用灵动多变的线条和淡墨淡彩勾出空中的团团朵朵白云，底部的地面寥寥几笔一抹而过，变化的云朵和大地一动一静，形成强烈的对比，天高气爽的意境跃然纸上。

啊，《安徒生的故乡》，他久久徜徉在那童话般的王国里。画的线条虚虚实实，缥缈变幻，回荡着童话般的韵味……

画册向后翻去，翻得哗哗作响，一道《金色瀑布》呈现在他眼前，再现了冰岛最大瀑布的壮丽。他用的是清淡、明快的线条，在浓墨造就的深厚和稳重感的反衬下，烘托出了银花飞溅、天河落地的壮观景象。

他的作品如长江大河那样源源涌出！他的目光停留在自己近期创作的具有代表性的篇章上：《浔阳江头》《怀素种蕉》《赤壁夜游图》《黄山观云图》《太湖归航图》《汪伦送舟图》《石涛诗意图》……几片大写意的蕉叶不由使人联想到书坛"草圣"那一泻千里、气势磅礴的笔墨；伫立于顶天立地的赤壁面前，就会情不由己地高声吟唱："大江东去，浪淘尽，千古风流人物……"时有苏轼"大江东去"的豪放气概，时有柳永"杨柳岸，晓风残月"的婉约情怀。

画卷像一浪一浪的诗流，缓缓流来，他仿佛被七彩的云轻轻托了起来，他变得身轻如燕，穿行在雾霭和紫云之间。

二

飞机持续地奏出犹似蜂鸣般嗡嗡的乐曲。亚明感觉好像在摇篮的轻荡中。

有人说，人生是一次美的旅程，他的人生也应验着这一句话。这些年，飞来飞去，还不是为了弘扬中华民族文化的美么？这次去大洋洲，就是一次美的旅行。

那是个美丽富饶的国度。他参观访问了那里肥美的牧场，在闻名世界的悉尼歌剧院看了歌剧，参观了著名的博物馆、美术馆……此刻，它们又化作了一幅幅光彩炫目的雷诺阿的油画，从他眼前一张张翻过去。他的意念定格在堪培拉大学恢宏的阶梯演讲大厅里，他自己也没想到，他的关于《独立于东方的意象绘画艺术——试论中国画的传统和理法观》的演讲，如此成功！

那是间具有当代最先进教学设施的演讲厅，他的演讲通过麦克风，可以译成多种语言。他没带讲稿，只在事先写了个提纲，他的思维从未有过似那天般的活跃，他的语言表达能力，得到了空前的发挥。他记得，他的开头语是这样说的："在东方和世界繁花盛开的艺坛上，中国画可谓独树一帜的瑰丽奇葩。她有独特的民族风格和完整的理法系统。……"

接下来，他说了中国画的悠久历史。

"远在新石器时代，我们中华民族的祖先，就在生产的陶器上绘刻了生动的图案，经过长期发展，绘画逐步从工艺中分离出来，成为单独的成幅作品。我们今天所能看到的实物，有距今两千多年前绘制的楚、汉帛画。那时，我们的先辈画家们就已认识到线的运动的美，我国绘画中的线描传统就已形成。魏晋之前，我国绘画主要还是工匠从事的职业，到了魏晋南北朝，我国的人物画已有了高度的发展，绘画已成了一个重要艺术部门，产生了系统的绘画理论。东晋的顾恺之提出了'以形写神'和'迁想妙得'的论点。把传神看作人物画的最高要求。南朝谢赫写出了绘画理论专著《古画品录》，他提出的气韵生动、骨法用笔、应物象形、随类赋彩、经营位置、传移模写的'六法'，被后代画家奉作千载不移的准则。顾恺之的'神'和谢赫的'气韵'，都是指神采、气质和风韵。'神'和'气韵'观念的形成，应认为是中国文人画出现的重要标志。魏晋南北朝在中国绘画发展史上占有重要的地位。"

他说到这儿，略微停顿了一下，觑了眼大厅，鸦雀无声，还不断有听众悄悄进来。继之，他讲了唐代繁荣的经济促进了文化艺术的高度发展。"诗歌、书法、音乐，给了绘画以深刻的影响，出现了诗、书、画结合的趋势。以至把'书骨''乐韵''诗魂'看作中国画的三昧。发展到宋、元两代，苏轼、赵孟頫和元四大家（黄公望、王蒙、倪瓒、吴镇）的倡导，这一体系逐渐在中国画坛占据了主导地位。直至今天，还有它的活力，使人们不能不惊奇地看到，他们主张的某些艺术原理和技巧奥秘，正是现代东方以至西方画家所竭力追求的东西。"他又重点阐说了诗、书、画的结合。"首先是它们精神上的一致，再是形式上的统一。前者是美学原则的一致，后者则表现为绘画借助书法提供的技巧，借鉴诗歌的精神和境界，把书法、诗情与绘画水乳交融般地结合在一起。这种结合始于唐代大诗人王维。而王维未能完成从感性到理性的认识,加以倡导。从理论上宣传并扩大这种影响的则是宋代的杰出诗人苏东坡。他说:'诗画本一律,天工与清新。'元代书法家赵孟𫖯有诗曰:'石如飞白木如籀,写竹还于八法通。若也有人能会此,方知书画本来同。'中国书法是一种以千变万化的线的运动呈现美感的艺术。中国画是以中国特色的毛笔和宣纸的接触,呈现节奏线的美感,给人心底以牵引力。中国画的基本韵律观,正是由书法建立起来的。这种以书艺韵律作为支柱的绘画形式,给中国绘画的本质——意象,插上了理想的翅膀,中国绘画的本质性格,是一种借物象寄情抒怀的艺术。这就自然地区别于纯客观的视觉反映的'具象'和主观幻觉所呈现的符码混杂的'抽象'。它成为一种主客观一致的'意象'艺术,表现为主观对客观的认识和积累。在一定的社会生活和自然界中,视觉以思想,以浩荡的境界、飞扬的神采、客观现实的驱动力量,给予主观对象选择、撷取的意图。因此,中国画是人和自然界相互渗透的交融,物我合一体……"

他记得,接下来,他讲述了中国绘画的工具、材料及其使用方法,论证了它们对中国画表现艺术的影响。他说:"工具的性能形成了中国绘画的独特方法。笔法、墨法、章法是创造中国画意象艺术的保证,又反作用于意象艺术,使之不断发展丰富。'三法'是中国绘画的表达形式,是强有力的表现手段。这些手段,截然不同于西洋绘画,具备特殊的优越性。在章法上,有'高远''平远''深远'等表现手法,又有'以大观小''以近观远''以体观面''以时观空'的多种手段,可以不受时间、空间、视力的限制,随心所欲地驰骋。"他又举出了《长江万里图》《千里江山图》这些巨制为例,"在有限的尺幅上,创作出了万里长江一眼收的艺术效果。"

"先生,您要点什么?"空姐的询问打断了他的思绪。

"茶,中国茶!"他嗜茶,不假思索,也没掠一眼摆着咖啡壶、可乐、矿泉水等多种饮料的小推车,就脱口而出。

训练有素的空姐把一小杯茶递给了他。

他一口就饮了下去,把空杯还回去,又合上了眼睛。

讲到哪里了?

他寻思着。啊,讲到了中国画的表现手法和含蓄高明的文学表现手法有相通之处。"这表现在中国画中对'白'的功能的认识。墨为实,白为虚。对'白'的研究,就是对虚的认识。实是有限的,虚则是无限的。它可以是画面笔墨的延伸,更可以是画面境界的发展和内涵的丰富。它的作用在于与观者更深入的合作,启发他们尽情驰骋自己的联想。'白'还有另一层意义,省略删除各种无关的细节。高度的省略,就是高度的概括。中国画家只想以一个主韵律来记录心中的某一个突出的印象和意念,画面越少细节,就越易传达这种韵律。"

他还讲到:"中国画的韵律观是由书法建立的。讲笔法,实质就是书法。书法的笔,是经过磨练的具有个性的修养感情的笔,生命之笔。这里包含着两个方面:一是必须经过磨练,练好基本功;二是必须用感情驾驭笔墨。中国画的精髓,就是情、神、韵。情是绘画创作的灵魂,只有注入情感，才能显示神采，产生出韵律……

"中国画的'意象'创作观，根植于悠久的民族意识和美学传统中，有极其深厚的基础和广阔的天地。是在长期的绘画实践中逐渐形成的，它又指导实践形成了相应的技法。这种技法不以再现自然为目的，又不堕入抽象虚玄。它追求一种'似与不似之间'的境界……独立于东方的'意象'绘画艺术的中国画，如同一条壮阔的长河，已经流过了两千多年的漫长岁月，它还在继续……"

他在自己声音的弹奏下，进入了似梦非梦的境界。

三

炎夏已经悄悄溜走，淡蓝色的天空万里无云，像冰一样澄澈。

悟园今天显得特别的美。早开的紫薇已结出青果，晚放的还在枝头着意舒香吐艳。前院那块天鹅绒似的绿色高丽草草坪，草梢已染上淡淡的秋色，在阳光的爱抚下，紫霭一片，如云似雾。爬满墙头的那些酷爱自由的长青藤，一点不显老态，葳蕤得犹似一群精力过盛的小伙子，恣意地释放着青春的活力。红的、黄的、紫的月季，也在秋光中尽显妩媚。微风吹皱起游泳池里的水，细细的涟漪有似浅浅的金浪。几丛石楠、海桐都已长高了，成熟了，青苍的树冠上挂满了簇簇串串果实，殷红殷红，犹似玛瑙一般压弯了枝头。园里每一棵草，每一株树，每一件东西，都染上一层金秋才可以见到的神秘、欢乐、透明的光辉。

1987年国庆节这天上午,亚明如期回到了家中。悟园顷刻间弥漫起快乐、欢愉的喜庆气氛。

寿筵摆在客厅里。这是鲍如莲的主意。她没让亚明归家的日期传出去,她要为他过一个不受干扰、尽享天伦的快乐生日。往日的客厅,只为客人而存在,今天,她要让它完全属于她的家人。

亚明容光焕发地坐在他的高背座椅上,一家大小围绕着他,他的孙女儿海燕、海鹰这对孪生姐妹在钢琴前弹奏着生日快乐的乐曲,全家随着琴声击掌伴唱:"祝你生日快乐,祝你生日快乐……"蜡烛吐着柔和的光,客厅的气氛那么轻柔、朦胧、欢快、温馨,仿佛轻笼在淡淡的七彩雾霭中。

亚明深情地凝望着烛光,64根彩烛象征着他的人生日历已翻过去64页了!他不由激动起来,无声地吟哦起他喜爱的一首诗:

  当我年轻的时候,
  在生活的海洋中,偶尔抬头,
  遥望六十岁,像遥望
  一个远在异国的港口。

  历经狂风暴雨,惊涛骇浪
  而今我到达了,有时回头,
  遥望我年轻的时候,像遥望

迷失在烟雾中的故乡。

他喃喃地重复着:"像遥望迷失在烟雾中的故乡……"

烛光摇曳,客厅仿佛浸漫在妩媚神秘的光影里。博物架上的千年紫陶、宋瓷,涂上了层橘红色光彩。黑漆的横匾上刀刻的那个斗大的绿色"觉"字,也幻化成紫红。墙角未上架的那堆画册和书籍,有如朝雾拥着的青山,袅绕着紫烟。那装着他作品的箱箱柜柜仿佛也镀了层金黄的光晕。客厅的物件,在光的作用下,都改变了它们本来的色彩。难怪塞尚把苹果画成蓝色,马蒂斯把向日葵也画成蓝色,毕加索把人体画成鲜红啊!

他的目光不由停在东墙那张《科隆大教堂》上。那是张铅笔速写稿,他把它嵌在一只画框中。科隆大教堂是中世纪欧洲哥特式建筑艺术的代表作,整个建筑由磨光石块建成,巍峨壮丽。教堂中央两座与门连在一起的双尖塔,像两把锋利的宝剑,直插苍穹。玻璃给了它一层光感,烛光又给了它一缕朦胧,仿佛就像他又来到莱茵河畔,看到它立在晨雾之中。

"爷爷!"海燕、海鹰一边一个抱着他的手臂轻摇着他,"吹蜡烛啊!"

"啊,好,好!"

可他飞驰的思绪没有停止。这烛光多美啊!多么玄妙啊!它那晃动的火舌在轻轻拨拉着他心灵的琴弦,他不忍吹灭它,他要它就这么柔美地吐艳,轻轻地摇晃,继续品享着它的纯净、柔和、宁静和安谧。在它的爱抚下,心的皱纹抚平了,脸上的皱纹抹去了,只有一种美,没有谣诼、没有谎言。文徵明说过:"人品不高,用墨无法。乃知点墨落纸,大非细事。

必须胸中廓然无一物，然后烟云秀色，与天地生生之气，自然凑泊笔下，幻出奇诡。若是营营世念，澡雪未尽，即日对丘壑，日摹妙迹，到头只与髹采圬墁之工，争巧拙于毫厘也！"要做到心中廓无一物多么不易啊！达到此境界又有几人呢？我六十方觉，觉得太晚了！平淡人生不可觉，只有吞食了人世间苦涩的况味之后，方可悟透人生啊！人生的苦涩，也可清心去火啊！一切虚名物欲皆似浮云流水，唯有艺术永生！我还要为艺术做两件事，用余下的后半生去实现它……

"爷爷，你快呀！"孙女儿催促着他，"你不吹，我俩代你吹哟！"

"好好好，我们三个一起吹！"

烛光灭了，客厅豁然亮堂起来，如莲递给他一把不锈钢水果刀，"你切蛋糕。"

他接过刀，切下去。

孩子们一齐欢呼起来："祝爸爸健康长寿！""祝爷爷生日快乐！"

突然，门铃奏起了悠扬欢快的乐曲。大家不由愣住了。

"谁的耳朵这么长，知道爷爷回来了！"阿姨说着站起来要去开门。

如莲拦住她说："别去，一餐安稳的饭也不让人吃！"

亚明微笑着说："有人来赶生日蛋糕，这是好兆头啊！阿姨去吧，把客人请进来！"

不一会儿，阿姨独自回来了，手里拿着一份电报："爷爷，您的电报！"

他放下正在夹的一块蛋糕，拆开电报，大声地高兴地说："好消息，中国美协要派我率领中国画家代表团访问法国、意大利、英国、比利时、荷兰诸国。征求我的意见，问我愿不愿意去！"

孩子们快乐得一齐鼓起掌来，"当然去！"他们欢呼雀跃，纷纷举杯给他祝酒。

"哈哈……"亚明夹起那块放下的蛋糕，放进妻子面前的食盘中。他环视了孩子们一眼，"今天当着全家人的面说说我下半生的愿望。第一，我要证明，中国画的技法笔墨，不仅能够表现不同国度的物象、风情，而且完全可以成为世界性的画种。我在这方面已做了初步的尝试，取得了一些成功的经验，但还不够尽善尽美。我还要继续努力探求下去，出一本世界风情画集。这次率团出访，是我实现这个目标的一个机会。中国古代的壁画、摩崖石刻，都以佛教为题材。西方的古代壁画也逃不出宗教故事的范畴。近代、当代壁画几乎全是西画表现手法。我的第二个愿望，就是想试着用中国画的形式在大型墙壁上作山水画！完全中国式风格、中国人气魄的壁画！我已有了个初步设想，苏州附近有座古建筑，年久失修，几近倒塌，我准备尽全力去修复它，作为创作中国式山水壁画的试验园地。亨利·福特说过，一个人无论他已年过八旬还是刚刚成年，如果他停止了学习和追求，他就衰老了，不断努力前进的人，就能永葆青春！我相信全家都会支持我去实现新的目标！"

全家人都受了深深的感动，如莲眼里蒸腾起一层热雾，她默默地拿起酒杯，举到他的面前："老亚，你无论想做什么，我都站在你这边，祝你成功！"

孩子们一齐举起酒杯来："祝爸爸成功！永葆青春！"

两个孙女儿跟着举起了酒杯,海燕说:"祝爷爷成功!"海鹰说:"祝爷爷健康长寿!"

亚明激动地张开双臂,拥抱着这对孪生孙女儿,左亲右疼,说:"谢谢,谢谢!"两眼噙着幸福的泪水,满脸荡漾着快乐的笑容。

亚明年表

- 1924 年 10 月 1 日生于安徽合肥城王箍桶巷。起名叶家炳。

- 1928 年，4 岁进城南小学（教会办），寒暑假读私塾，从"字纸干"看图识字中对绘画产生兴趣。

- 1930 年，从同学山姆（洋人小孩）处看到教堂发送的洋画片，发生兴趣，遂去南门教堂观看礼拜，等待发送洋画片。同时对章回小说上的绣像产生浓厚兴趣，开始用竹纸蒙着临摹，而且喜欢听说大鼓书（古代历史故事）。

- 1932 年，开始摹写古书上的绣像、肖像及教堂洋画片。

- 1937 年，"八一三"前后，参加小学抵制日货、焚烧日货、募捐抗日活动。父亡故，同母亲卷香烟自售，维持生计。

- 1938 年，逃亡肥东店埠镇长岗村，继续自制卷烟度日，遭强盗抢劫，彻底破产。

- 1939 年秋，参加新四军江北游击队。

- 1941年，部队送其进津浦路西联合中学（后改淮南联中），同年转半塔集淮南艺专，遇蒙师亚君，便改名亚明。在淮南大众剧团美术股做舞台美术工作。同年调淮南抗敌文化协会美术工作队。

- 1942年春，调任冶山县政府文教科科员、督学。此时，何秋贞带领二师少年工作团到冶山县开展工作，参加少工团。秋天，调七师皖江区党委，即七师政治部大江剧团（与同学江泓和其未婚妻余淑相识。继之江泓调往和含地区，余淑调任党委秘书），调和含地区最前线开辟、发展江含武工队。改名王有才。为百姓群众画帐沿、鞋花、肚兜、中堂。

- 1943年7月1日，加入中国共产党。

- 1944年秋，调和含地区新兵连（在朱家庵），即参加组建文工队（与庆胜、江泓共事）。

- 1945年，文工团解散，调七师政治部宣传科（科长江锦）。秋，抗战胜利，北撤（认识凌映）。到山东枣庄，在七师文工团美术股，办杂志《刀与笔》（只出了两期）。

- 1946年，调第三野战军（华东军区）政治部画报社办《山东画报》（后改《华东画报》），任随军记者兼编辑。

- 1948年，到江苏组建华中军区政治部（后改为苏北军区）办《战士画报》，任主编。认识鲍如莲。

- 1949年，渡江后，在苏南军区政治部军管会工作，即转地方（无锡），在苏南地区党委宣传部做文艺工作。组织举办一次无锡国画家画展，配合"土改"，编辑出版《苏南农民画报》。

- 1950 年，任无锡美术工作者协会主席。开始对中国画产生兴趣。

- 1951 年，任《苏南农民画报》主编，开始学习研究中国传统绘画。

- 1952 年，与鲍如莲结婚。

- 1953 年，苏北、苏南、南京合并为江苏省，调江苏文联筹委会筹建省文联，分管美术工作，任江苏美术工作室主任，广泛联系画家、学者，是认识了解中国画的准备阶段。

- 1955 年 6 月，参加访苏代表团，认识到中国画要走自己的道路，改变了画风，改画中国画。

- 1956 年夏秋，召开江苏国画座谈会。筹建江苏省国画院（将傅抱石从江苏师院调来专职筹建，吕凤子任筹备主任）。作《海滨生涯》。

- 1957 年，江苏省国画院成立，任副院长，兼做画院党委的领导工作。

- 1958 年，抓画院集体创作。第一批作品《高炉》《吃饭不要钱》《不要计件工资》。自作《货郎图》。《货郎图》参加"社会主义国家造型艺术展览会"及"第二届国际青年美展"。

- 1959 年，作《石壕吏》《太湖晨雾》《莳秧行》等。出版了第一本画册《访苏速写》。认识老舍、邓拓，互赠诗书。

1960年，率领老画家十三人壮游西南、西北二万三千里，以"山河新貌"为题，在北京举办了大型展览。传统艺术注入新的生命的大变革，喻之中国画的一次新生。招第一批学生。作《晨曲》《三峡灯火》《华山北峰》《出院》《白云深处》等。傅抱石撰文《笔墨当随时代》《思想变了，笔墨就不能不变》。

1961年，率画院同仁赴江苏、安徽黄山等地写真山真水，巩固发展成绩，体察、反映人民生活。写《钢铁图册》12幅；画《大好河山》《晨雾》《太平山居图》等。

1962年，当选为江苏省美协副主席，兼南京师范学院、南京艺术学院两院美术教授。

1963—1964年，画院停止工作（老年画家回家，中青年画家参加"四清"工作队）。到宜兴分水公社负责"四清"工作。出版第二本作品集《亚明作品选集》（1958—1960年作品，人民美术出版社出版）。作《水乡金秋》《清水埠头》《月初升》《社戏》《橹动舟自移》等。

1966—1971年，在五七干校被批斗，审查，劳动改造。

1971年，在干校创作组画"工业学大庆""农业学大赛"内容的宣传画。

1972年，在省革命委员会创作组，二下扬州（抢救"扬州八怪"作品，拯救老艺人）。

1973年，到越南访问。写生作品100幅，大使馆内展览，回国正遇"批林批孔"运动，批"黑画"事件中被软禁在北京。

- 1974年3月，回南京。

- 1975年初，恢复江苏省国画院，任副院长兼党组书记，招第二批学生。伴爱人上武汉治眼疾。作《新安江上人家》《齐云山色》《黄山图册》（12幅）、《白松图册》等。

- 1976年，作《泪松图》（赵朴初作词，并书其上）。为庆祝粉碎"四人帮"作《四蟹图》。

- 1977年初，上北京，会北京同道，叶剑英元帅请各地画家到"三座门"休息作画。为军委副主席以上首长作画，为邓小平画《三棵树》，为叶剑英作《黄昏颂》（叶剑英自诗）。作《屈原》（即《蝉娟之死》）、《天问》、《蓬莱三岛》。继之上外交部台基厂42号宾馆作画，为驻外使馆画山水《峡江图》。筹建中国画研究院的前身中国画研究组，搞南北画家大联合（地点在友谊宾馆南二字楼，后搬到草鉴堂）。

- 1977年秋，到湖南写生40幅。作《隔山隔水不隔音》《苗岭秋浓》《苗家住高山》《湘江水北去》《背涯》等。

- 1978年，率中国画家代表团访问巴基斯坦。团员有林墉、魏紫熙、姚有多。得写生作品40幅。日本出版的《中国名画》中载其《红岩山图》。为人民大会堂作《古松》（《卧龙松》）；绘《大江歌罢》《橘颂》《泰山朝晖》《高秋》《唐人诗意》等。

- 1979年，上海友谊商店画展；荣宝斋在香港举办"金陵八家画展"，参加开幕式，访香港中文大学艺术系，并作演讲；为香港艺术中心作画；上海人民美术出版社出版《三湘四水图》；印《金陵八家集》。

1980年，率宋文治、武中奇、魏紫熙、秦剑铭去日本名古屋、北海道、札幌举办画展。印《江苏画院作品集》，写日本风情40余幅；同年10月9日，安徽省博物馆（今安徽博物院）举办"亚明作品展"。

1981年，和宋文治应立新公司之邀，到新加坡举办画展；当选为江苏省美协主席。

1982年，福建省文联、美协及福建人民出版社举办亚明作品展；金陵书画社出版《亚明画集》；当选全国文联委员、中国美协常务理事。

1983年9—10月间，访芬兰、挪威、瑞士、冰岛、丹麦北欧五国，顺访苏联、西德，应邀在瑞典高等美术学院讲学，到东方博物馆讲学；写生欧洲风情100余幅；《峡江图》参加巴黎春季沙龙展览。

1984年春，率中国画家代表团访美，成员有袁晓岑、王根和（副团长，文化部）、宋文治、陈之怡、范曾、米景扬、崔森茂。在纽约举办画展，到芝加哥、旧金山、洛杉矶博物馆讲学；作美国风情画16幅。夏，合肥稻香楼东三会议室举办"亚明北欧五国写生作品展"；随之，在安徽画廊展出。

1985年1月9日，在北京劳动人民文化宫举办"亚明北欧五国写生作品展"，出席开幕式的有杨尚昆、王震、习仲勋、彭冲、谷牧、方毅、马文瑞、蔡若虹、华君武、李可染、刘开渠、古元、丁玲等千余人，彭冲和挪威驻中国大使剪彩。兼任南京大学艺术研究中心教授。写《海风》《山月随人归》《赤壁图》等。福建美术出版社出版《亚明近作集》。

- 1986年，应澳大利亚堪培拉大学、悉尼博物馆邀请前去讲学，参加澳大利亚建国二百周年纪念活动。在堪培拉大学和悉尼博物馆讲学，在澳广播电台作中国画专题演讲；作澳大利亚风情画8幅；《长江万里图》落墨。

- 1987年，第二次赴日本。在东京举办个人画展，并出版《亚明作品集》；为北京饭店作大幅作品《衡阳雁去》。

- 1989年，应美国东方画廊之邀，率江苏画院去纽约展出山水画展，同时到纽约佩斯大学讲学；同年作《赤壁夜游图》；出《金陵画集》。

- 1990年，学习中国古代壁画，并作大型壁画稿若干幅；参加中国绘画联展；写《近水山庄图》《洞庭二山图卷》等。

- 1991年，主持修复太湖东山明代建筑，为画壁画做准备；写《中国历代书艺传人卷》（石刻）稿；五登黄山为壁画搜稿40余幅；为安徽作大幅《黄山图》；为抗洪救灾作画并主持义售开幕式；《羌管悠悠霜满地》落墨；"亚明精品展"在香港展出。

- 1992年，畅游新安江，为写长卷览胜；同江苏中年山水画家赴西南、东北、西北参观访问，写生作画；大型山水壁画《黄山颂》落墨；《虎溪》开笔；"亚明水墨展"在高雄市琢璞艺术中心开幕。

1993 年，赴新加坡举办个人画展，并讲学于南洋艺术学院；同年赴马来西亚举办个展，并在马来西亚美术学院讲学。

1994 年，赴泰国主办个人画展，并讲学于国家文学协会（艺术家协会举办）。

1995 年，记录亚明生活轨迹的《回望人生路——亚明艺术之旅》（即《亚明传》）由海南国际新闻出版中心出版。

1997 年，安徽美术出版社出版《亚明世界风情录》。

2000 年，由亚明故乡合肥市政府出资，建筑在风景秀美的包河公园的亚明艺术馆落成。

2001 年 9 月 28 日，亚明艺术馆开馆仪式暨亚明先生作品捐赠仪式在新落成的亚明艺术馆举行。

2002 年 2 月 19 日（农历正月初八）晨 5 时 53 分，亚明患肺癌，经多方医治无效，在南京逝世。

2004 年 5 月 20 日，由《美术》杂志社与合肥市人民政府共同举办的"人民·传统·生活——纪念亚明先生诞辰 80 周年"系列活动在合肥市隆重举行。亚明铜像揭幕；亚明画展开幕；亚明子捐赠亚明作品（70 余幅）及生前遗物；1000 多人出席开幕式。同天下午，由《美术》杂志主持的"亚明先生艺术作品研讨会"在合肥市梅山饭店举行，北京、江苏、安徽美术界专家学者 40 余人出席。

亚明艺术馆外景

亚明艺术馆内景·亚明像

后记一

亚明先生逝世后,我就希望有机会重版这本传记。激发我这个愿望的因素很多:常常有人来信来电询问哪里能买到《亚明传》,我回答不了;也常有亚明先生的学生和画家朋友向我索书,我因存书寥寥,不能满足朋友的愿望而深感遗憾。尽管亚明绘画作品的价格在当今艺术品投资市场一路飙升,一幅画由过去几万元升值到数十万元,可又有多少人知道他的艺术成就是如何获取的呢?我希望喜爱亚明艺术的今人和后人能从亚明先生的人生足迹中,他为人为艺的高德和精神中,获得更多启迪和滋润;每当我翻到亚明先生写给我的那摞信,重新读到那些闪烁着智慧和哲理光辉的文句,就会想起我对他的采访、我们的交谈,我就觉得,他是当今一位了不起的高人,他不仅是中国画坛杰出的优秀艺术家,而且还是位知识渊博的学者、思想家和哲学家。每当我的目光落在我为他写的传上,或是见到我和他的共同友人的时候,我眼前总会浮现出他的音容笑貌,就会忆起与他的相识和我们间的忘年之谊,希望重印这本书的愿望就愈发强烈了。

我知道亚明这个名字还是20世纪60年代初,那时我刚从乡村走进城市,从学校走进社会,渴望知识和美的我,从众多的书刊目录中选订了《美术》杂志。这于一个月工资只有18元的学徒工来说,无疑是个奢侈的享受。可我却因之知道了许多画家,也知道了亚明,使我久久记住亚明这个名字的是他的《货郎图》。那是幅颇具装饰意味和年画风格的作品,可画上那群神形兼备的乡村妇女生动活泼的群像在我的脑海里犹似刻在石板上的图画,以至经过二十多年的风霜雨雪,也未能使之在我心头漫滤,终于在我们神交二十多年后有了相识他的机缘。

1989年夏,安徽艺术学校老校长庆胜先生写信给我,说亚明是他新四军抗日游击队的战友,身世很有传奇性,建议我为亚明写部文学传记。

1989年,本书作者石楠与亚明(右)、庆胜(左)在合肥

后记一

亚明接受作者采访

　　我高兴地接受了。同年深秋,我到合肥出席《清明》创刊十周年庆典活动,庆胜和亚明的表弟陈道仁两位先生,为了给我提供一个不受干扰的采访环境,在极其保密的情况下,从南京接来了亚明先生。安排我们住在合肥水西门外的908宾馆。

　　当我近距离地接触到亚明的时候,就发现他是个非常聪明又有灵性和悟性的人。他没有老师,但他又说他有三个老师:传统、自然和人民。他主张"中国画有规律而无定法"。他的画最大的特点就是有法而无定法。他又是个少见的史才,他对每个时代的历史都能提出他自己的见解看法,以史为基础,他在哲学、人类学和文艺等方面都有独到的见解。他的历史知识、哲学知识,远远超过他的同辈画家,灵性、悟性和他的三个老师成就他为一个通才。听他回忆往事就像听故事一般,可谓是一种美的享受。他语言幽默丰富,状物拟人,惟妙惟肖;观他作画,纵情恣肆。我们在一起谈了一周。当时我还写过一首不拘格律的诗:

己巳深秋在合肥水西门外,欣会亚明先生,一席长谈,又观作画,得益良多,感慨记之。

庆君荐我书画圣,水西门外会亚公。

童子十五投军旅,青春三十转画风。

驰骋画坛呼风雨,壮游山河得真功。

诗人魂魄画家胆,纵笔挥洒都是情。

这首不成诗的诗,确也包容了亚明先生艺术人生旅程的几个碑石,后来我将此诗题赠给了他,他回信大加赞赏。

1990年夏,我完成了长篇传记小说《一代名优舒绣文》的定稿,就开始作撰写《亚明传》的准备,搜集资料,补充采访,研究亚明的绘画和文章,整理他的谈话录音资料,基本掌握了他的思想感情脉络和他的传奇人生经历。1991年春天桃花盛开的时节,我受到了他全家的热情邀请,专程去了南京,在他家住了五天,和他夫人鲍如莲女士同室而卧,和他全家同桌而餐,他们夫妇还陪我到梅花山看了梅花,让我欣赏到了香雪海的奇观,近距离地观察了他的日常生活、他的家庭和他的友人。我在悟园的几日,深为他高尚的人格力量所震撼。

亚明好客,他家门铃整日响个不断,来看他的人很多,各阶层的人士都有。他戏谑了一联:"党政军民来来去去,三教九流进进出出。"

有天中午,他刚刚脱衣上床午休,门铃又急剧大作。阿姨去开门,跟着她进来的是位扬州口音的中年男子,他背着一捆自己的绘画作品来请求亚明评点。夫人想让老人睡会儿午觉，就说他不在家。那人只得怏怏地背起沉重的画卷。亚明在楼上尚未睡着，听到他们的谈话，不安起来，他没顾上披衣，就趿着鞋子从楼上跑下来，从后门追了出去，把那人拦了回来。他让那人解开画捆，一卷卷地仔细品评，整整看了一个下午，看完后，又说了他的看法，并在几幅画上题了跋文。事后我问他，既然挡了驾，何必又追了回来，岂不让夫人难堪。他说："人家远道而来，让人白跑一趟，他心里不好受，我心也不安。"那几日，天天都有让我眼潮心动的事情发生。

在南京，我还走访了著名作家顾尔镡、刘坪，著名画家陈大羽和江苏画院部分画家，亚明的形象在我眼前越来越鲜明了。回来后，我就正式着手写了。那年8月3日，我吟过一首小诗抒发撰传时的心境：

两度寒暑两度秋，伴公欢笑伴公愁。
为求真魂与真相，不施脂粉懒梳头。

1992年完稿后，我请我的老伴以毛笔小楷抄清，庆胜先生派其女儿亲往苏州东山，送到亚明手上。亚明不仅审读了全稿，还用大块时间逐字逐句审定斟酌，并用专纸写下万言建议和修改意见，又派专人送到我手里。我十分理解他，尊重他的意见，我更不愿意因为这本小书带给他烦难。根据他的意见进行了认真修改，删去了可能惹祸的地方。定稿后，恰逢《江淮文史》创刊，被其看中，全文连载，后由海南国际新闻出版中心出版发行。

这本原题《回望人生路——亚明艺术之旅》的文学传记，写的是他65岁前的艺术人生和命运，只能算是他的半部传记。从20世纪90年代开始，他就住到了苏州东山的近水山庄，在他修复的明代建筑里，开始研究古代壁画的现代形式，将笔墨从宣纸上转移到墙壁上来，为此，他五上黄山采风。他在近水山庄里过着"读书、写画、饮茶；观云、听雨、种瓜"的归隐生活，他找到了一种新的艺术视觉，他的艺术创作达到了一个新的高峰和境界。他在给我的信中说过多次，假若老天假他以年，到他80岁的时候，他要再请我给他书写下半生的传。可他违背了他的诺言，没有活到80

亚明致石楠信

后记一

岁就绝尘而去,而他是多么地不愿背约啊,是无情的肺癌夺去了他鲜活的生命。所幸的是,他的生命在他的艺术作品里得到了延续。每当我看到他捐赠给故里合肥亚明艺术馆的作品,他那幽默风趣的形象就会浮现在我眼前,我的这个感觉就越发的明朗:亚明先生没有死,他仍活着,他活在他的作品中,活在朋友们的心中。我也就越发希望再版他的传记,好借再版之机对他的后半生作点儿补充,让读者了解他的全部人生。我重新整理,续写了《亚明年表》,从他出生写到他逝世后的多次纪念他的活动,读者就能从传中读到一个完整的亚明了。

后记二

献给亚明先生百岁诞辰的礼物
——《亚明传：从战士到画家》

　　时间过得真快，亚明先生仙逝已 22 年了。想到与他的初识，仿佛就在昨天。1989 年夏，安徽艺术学校老校长庆胜先生写信给我，说亚明是他新四军抗日游击队的战友，身世很有传奇性，建议我为亚明写部文学传记。

　　同年深秋，庆胜和亚明的表弟陈道仁两位先生，为了给我提供一个不受干扰的采访环境，在极其保密的情况下，从南京接来了亚明先生。安排我们住在合肥水西门外的 908 宾馆。

　　当我近距离地接触到亚明的时候，就发现他是个非常聪明又有灵性和悟性的人。他语言幽默丰富，状物拟人，惟妙惟肖；观他作画，纵情恣肆。我们在一起谈了一周。1994 年稿成，书名题作《回望人生路——亚明艺术之旅》，1995 年 12 月由海南国际新闻出版中心出版。2008 年 7 月文化艺术出版社更名《亚明传》第二次出版。亚明，他没有老师，他以传统、自然和人民为师。他主张"中国画有规律而无定法"。他的画的最大特点就

后记二

是有法而无定法。他又是个少见的史才，他对每个时代的历史都能提出他自己的见解看法，以史为基础，他在哲学、人类学和文艺等方面都有独到的见解。他的历史知识、哲学知识，远远超过他的同辈画家，灵性、悟性和他的三个老师成就他成了一个通才。听他回忆往事就像听故事一般，可谓是种美的享受。可惜他走得太早了。这是中国艺坛的一个损失。

今年10月1日，是他诞辰100周年纪念日。广西师范大学出版社拟将《亚明传》更名《亚明传：从战士到画家》重新设计编辑出版，这不仅让新一代读者能读到这本书，认识这位与众不同的天才画家，也是我们献给亚明先生百岁诞辰的一束鲜花。感恩广西师范大学出版社，借此向你们致以崇高的敬意和谢意！

石楠

2024年7月24日于石楠书屋

亚明（1924—2002年），画家。原名叶家炳，别署金陵茶客，室名沙砚居，安徽合肥人。15岁参加新四军。早年任记者、画报主编、美术编辑等。中华人民共和国成立后专事中国画。1957年筹组江苏省国画院，任副院长。曾任中国美术家协会常务理事及江苏分会主席。擅山水、人物，笔墨生动，构图新颖。曾组织"山河新貌"写生活动，并多次外访欧美各国及东南亚写生，为"新金陵画派""新山水画"的代表画家之一。

亚明部分代表作图册

河内花市 34cm×46cm 1974年

货郎图 77cm×211cm 1958 年

赛郎图
一九五八年八月 王叔晖

莳秧行 尺寸不详 1959年

太湖晨雾 194.5cm×68.6cm 1959年

红辣椒 尺寸不详 1960年

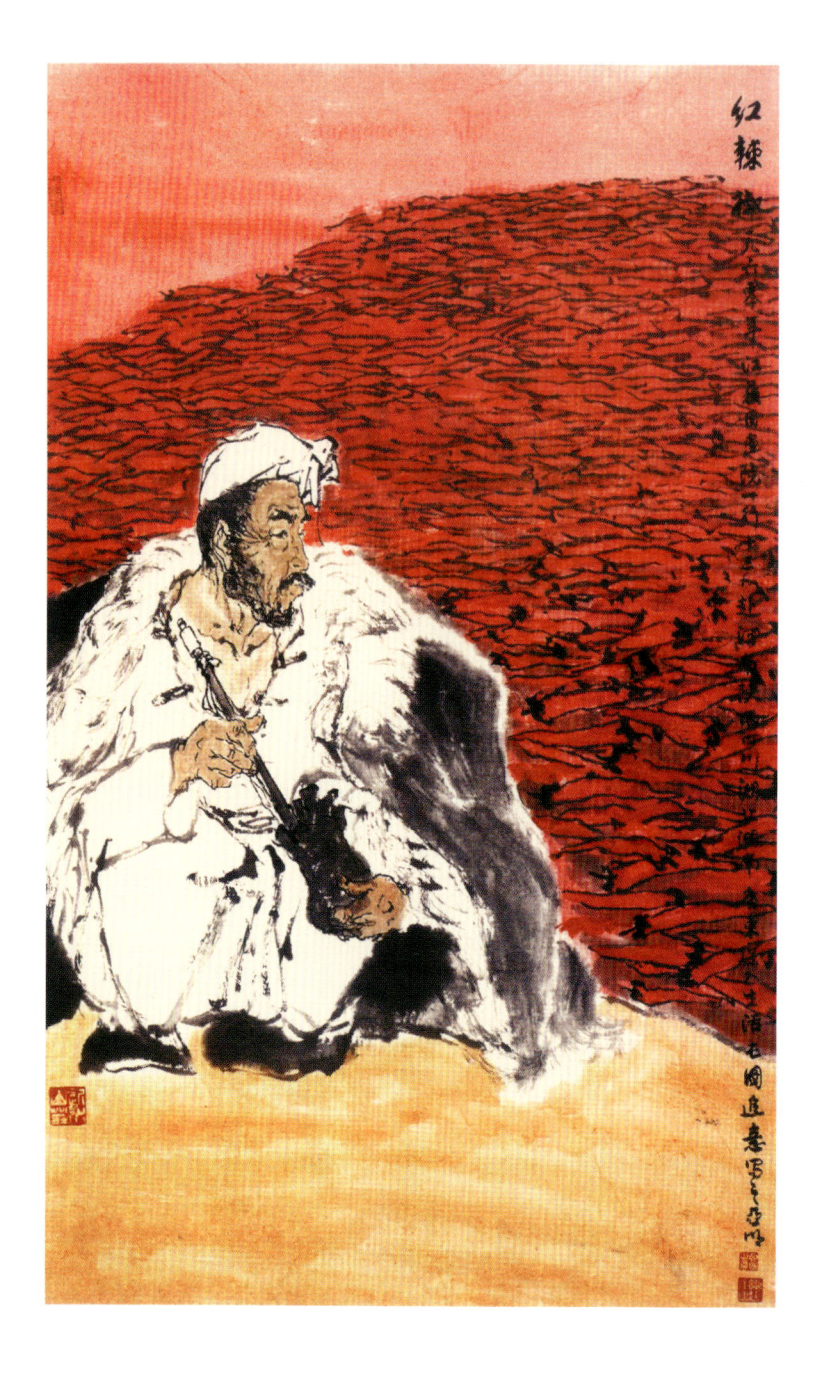

石壕吏 105cm×151cm 1959年 江苏省国画院藏

峡江云 144cm×362.5cm 1981年

瞿塘直下
西陵峽筆墨
丹青美盡斯近
歲不曾絲曲折以
川郡得之雄奇
葛洲五霸東前古
神女來峰祇剩
恩君宏觀宇宙
星雲層泉設
依稀昨生
重明
盡華
丁酉冬．

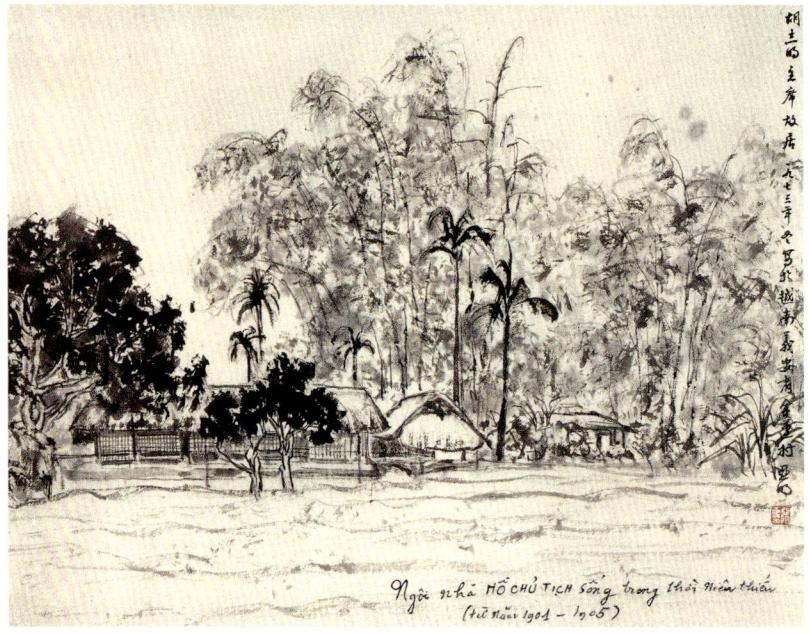

上图：河内少年宫 尺寸不详 1973 年
下图：胡志明主席故居 34cm×45cm 1973 年

左图：天问　133cm×66cm　1977 年
右图：泪松图　178cm×96cm　1976 年

上图：玩蛇人　80cm×50cm　1978年
下图：得赫特拉山口　68cm×45cm　1978年

冰岛风光 45cm×68cm 1983年

上图：曼谷所见 68cm×45.5cm 1984 年
下图：奥地利画家马克斯·魏勒 69cm×45.5cm 1997 年

水咽汨罗 133cm×66cm 1998年

科隆大教堂 68cm×46cm 1983 年